最相葉月

未来への周遊券

瀬名秀明

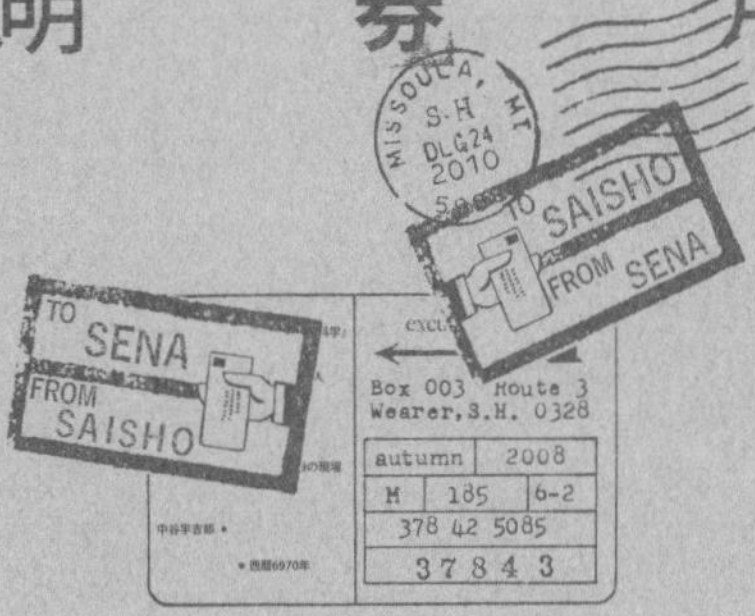

未来への周遊券

まえがき

瀬名秀明

このまえがきを書こうと決めていた日、長崎大学の兼松隆之教授から大きな封筒が届いた。開けてみると二〇〇八年五月に長崎で開催された「日本外科学会定期学術集会」の記録集で、当時の想い出がよみがえった。

きっかけは二十世紀初頭、報知新聞に掲載された「20世紀の預言」だ。百年後の未来像を描いたその記事を知って心を動かされた兼松教授は、多くの団体から協力を得て、ご自身が会長を務める日本外科学会で「私が予言する21世紀」をテーマに作文や絵画を募集したのである。優秀作は日本大学の木村政司《まさし》教授と学生さんたちによってアニメーション化されるという、とびきりの特典つきだ。最相葉月さんと私が特別審査員を務めた。

兼松教授は以前から最相さんの愛読者で、いのちに対するその確かな眼差《まなざ》しに惹《ひ》かれていたという。「ピースメイキングマシン」「人の痛みがわかる機械」……最相さんが選考会で推薦する候補作はどれも生命の温かさに満ちたアイデアだった。私たちは五月に長崎を訪れ、プレゼンターとして受賞者に表彰状を贈り、選考経過を講評することになった。私たちは舞台袖で出番を待った。最初に私が大きな舞台に出て全体的な経過と講評を述べた。最相さんは何を話すだろう。舞台袖に戻り、最相さんの言葉を待った。最相さんは講評を繰り返すことはせず、未来を想像することについて、静かに会場の人たちへ、受賞者へと語りかけていった。私も含めてホール内の全員が最相さんの言葉に聞き入っていた。私たちはそのとき未来への周遊券を確かに手にして、次の百年へと歩み出していたのだ。

産経新聞の往復書簡シリーズは以前から書籍を読んでいた。書店で心惹かれて購入してみると、このシリーズだったということも少なくない。だから最相さんのご指名ですと産経新聞の小島新一さんから往復書簡の打診を受けたとき、とても嬉しかった。『未来への周遊券』の題名も最相さんの発案である。『星新一 一〇〇一話をつくった人』と『あのころの未来 星新一の預言』をすぐさま思い出し、その著者である最相さんと未来を考えたいと思った。

二〇〇八年四月から産経新聞大阪版の科学欄で始まった週一回の連載は、二〇〇九年十月まで続き、七十六通の手紙となった。旅のあいだはいつも最相さんの手紙とともに過ごした。返信をつづる実際の時間はわずかでも、最相さんへ送り届ける言葉を探しながら一週間を過ごすのだ。それが日常のリズムになった。季節はめぐり、さまざまな出来事が通り過ぎていったが、一歩ずつ進む毎日はいつも未来とつながっていた。草木の色の移り変わりも、ふと気づいた風の匂いも、互いに栞《しおり》を挟んだ書物も、すべて未来のかけらなのだった。

すばらしいきっかけを与えてくださった産経新聞の皆様と、書籍化にあたってお世話になったミシマ社の皆様、装幀の吉田篤弘・浩美さんに感謝を申し上げたい。そして本書を手に取っていただいた皆様へ。この本があなたの未来への周遊券となることを願って。

装幀　吉田篤弘・吉田浩美［クラフト・エヴィング商會］

未来への周遊券　目次

I　2008年春　未来をめぐる旅

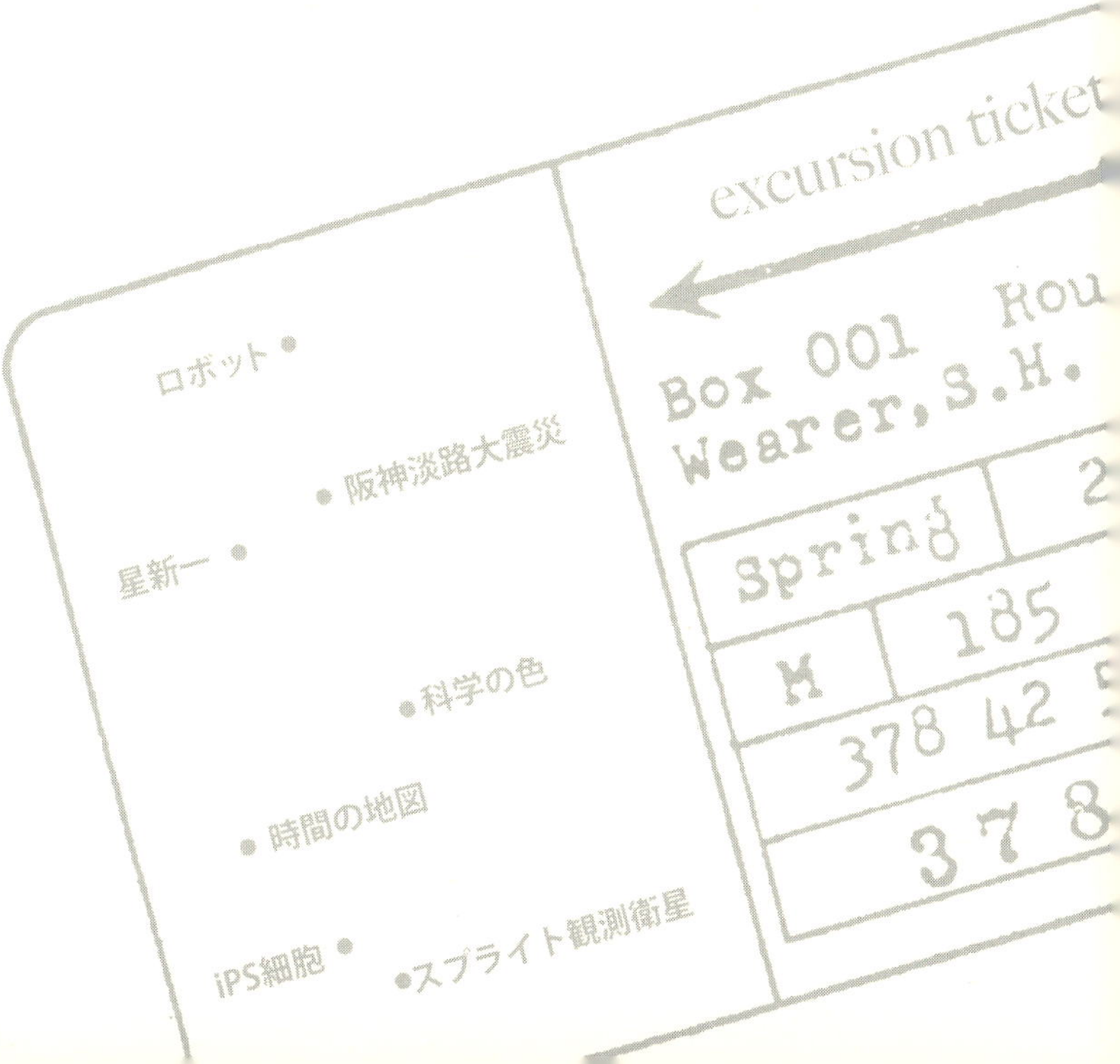

できることを積み重ねる旅

最相葉月

子どものころは未来についてあれこれ空想することが好きだったのに、ある日突然、ぞっとして、思考が停止した。未来、と聞いただけで足がすくんでしまう。前に一歩でも踏み出したら、世界が壊れてしまうんじゃないかと思えた。一足飛びにはるか彼方を想像できない。もっと直近の、明日にとらわれた。

そんな昔の話ではない。働かなければ生きていけないことに気づいたときからだ。自由で、無邪気《むじゃき》な、明るい未来はもうなかった。明日すらわからない自分に、どうして未来がわかるというのか。知らない。関係ない。さようなら。……逃げ出したかった。

「こんにちは赤ちゃん」に祝福され、「バラ色の未来」に包まれて誕生したはずの私が、なんたること。どちらも私たちが生まれた一九六〇年代に流行《はや》った歌と言葉だ。戦後の焼け跡《あと》から這《は》い上がった人々の生活に、少しだけゆとりが生まれたころだった。物心がついたときには、わが家にもテレビがあった。テレビが映し出したのは、夢のような未来。透明なチューブを走り回る車、腕時計型テレビ電話、ロボットは家族の一員で、宇宙旅行はあたりまえ。終末論が流行し、閉塞《へいそく》した未来像も描かれたが、だからこそ人間がしっかりしなければならないんだ、という自覚を幼心に持ったと思う。

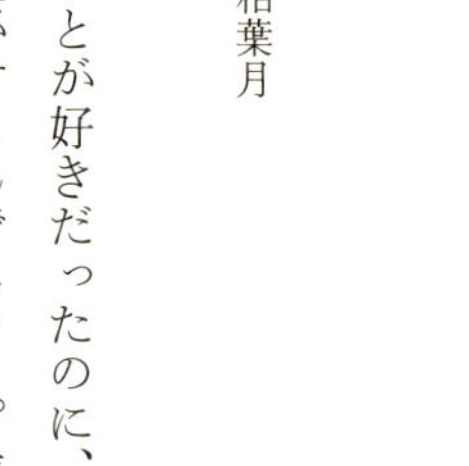

時を経《へ》て、物質的には満たされた。あのころ思い描いた未来が、科学技術によって実現できる性格のものだったからだろう。では、今はどうか。一昨年、財団法人未来工学研究所というシンクタンクが産業界の第一人者に「五十年後の日本」を予測してもらったところ、悲《ひ》観的《かんてき》な回答ばかり集まったという。背景には人口減や環境の悪化、財政危機などの要因がある。高度成長期とは明らかに異なる時代状況に身を置きながら想像する未来は、重苦しい。

阪神淡路大震災で故郷が破壊されたとき、未来に対する私のモラトリアム的思考は揺さぶられた。明日さえわからないのに未来など考えられないとうそぶくのではなく、明日生きることをまず考える、その積み重ねが未来をつくると知った。未来は、私という個体の死をやすやすと超えていく。ならば、せめてこの世に生を受けた奇跡を大切にしたい。自分ができることをするだけだと思った。これから始まる未来への旅を、私は、そんな場所から出発したい。

開花が観測史上三番目の早さだったという東京の桜は、もう葉桜だ。幸先《さいさき》不安になるが、心強いことにこの旅はひとりではない。瀬名さん、準備はよろしいですか。

未来は運命も連れてくる

瀬名秀明

両親は明治百年から「明」を採って私を秀明と名づけた。私が生まれた明治百年（一九六八年）、日本は未曾有《みぞう》の未来学ブームだったらしい。

この年、作家の小松左京が童話『空中都市００８』を発表している。未来に暮らす小さな兄妹が冒険を繰り広げる物語で、後にテレビの連続人形劇になった。東北大学出身のノーベル賞受賞者・田中耕一さんの愛読書でもあったという。

おもしろいのは物語の端々《はしばし》に小松が脚注をつけていることだ。この研究は○○大学の××博士が実際に進めているなど、小学生向けの物語なのにきちんと空想の根拠を示している。未来を予測することはできない。しかし「こうなったらいいな」と夢を膨らませ、工夫することはできる。小松はまえがきで書いた。「もしきみたちが大人《おとな》になっても、まだそんな世界ができていなかったら――きみたちでつくってください」

二〇〇六年、私は東北大学機械系の特任教授になり、未来を考えることが生活の一部になった。

「本学工学部機械系では、百年先を見つめ、来世紀の機械工学を担《にな》う子どもたちが追いかけるための新たな『鉄腕アトム』を生み出すことに役立ちたいと願い、そのためには、小説な

どの創作を仕事とされる方の頭脳と先端的機械工学との融合の場を提供することが有効だと考えました」

招聘《しょうへい》してくださった教授の文章に、私はちょっと心を打たれたのだ。「瀬名さんは私たちの研究を見て、学生たちと話して、小説を書いてくれればいい。それが未来の工学者への発信になるんです」とも言われた。アトムは昭和のものとなったが「想い」や「眼差《まなざ》しの力」は時代を超えて受け継がれる。人は死んでも思いは残って未来をつくるのだろう。

未来は運命も連れてくる。突然の災害や病気や死は、人が夢見ていた未来を容赦なく変える。俳優マイケル・J・フォックスはパーキンソン病を発症してから、祈りの言葉を毎日唱えたそうだ。「神様、自分では変えられないことを受け入れる平静さと、自分に変えることは変える勇気と、そしてその違いがわかるだけの知恵をお与えください」

未来は予測できない。だが運命への平静さと勇気と知恵を持ちたいと願い、生きるその工夫は、私という個体が未来のために今できることなのかもしれない。

東京からずいぶん遅れて仙台も桜が咲いた。これから新緑の鮮やかなすばらしい季節がやってくる。最相さん、切符は手にしました。どうぞよろしく。

運命への平静さと勇気と知恵を持って

最相葉月

最近、東京大学新聞の取材を受けた。星新一が半世紀前に行った未来予測から二十一世紀を考える鍵を見つけたい、というのである。

たしかに星の小説には現代と符合《ふごう》することが多い。『声の網』という作品がある。コンピュータ網が張りめぐらされた未来、電話の向こうの「声」が人々の疑問を解決し、公平な判断を下す。だが、人々の心と体はいつしか網にからめとられていく。インターネット社会を予見しているとして再評価の声が高い作品だ。

書かれたのは一九六九年。未来学ブームの下、情報社会についての議論が活発に交《か》わされていたころだ。おそらく星は今につながる技術の端緒《たんしょ》をつかみ、可能な限りの想像力を働かせたのだろう。予測が当たったと感じられるのは、未来も変わりない真実を見極めようとしたからにほかならない。そんな話をしながら、私は、環境問題や災害、戦争とどう向きあえばいいか、ヒントを探そうと懸命な学生たちに頼もしさを感じていた。

このところ毎月のように神戸に帰る。先週は「人と防災未来センター」に行った。あまり期待していなかったが、いい意味で裏切られた。被災者が提供した遺品や作文などの資料が展示・保管され、二度と震災が起きぬよう、たとえ起きても被害を最小限に止められるよ

う、記憶をつなぐ作業が行われていた。防災専門家の育成、震災の語り部による講話、ボランティアの講習、等々。世界的な防災拠点を目指そうという人々の強い志を見た気がした。

圧巻は、音と映像で地震を再現した一・一七シアターである。私は震災当夜、神戸に帰ったので揺れは経験していないが、それでもあの日の光景がよみがえり足が震《ふる》えた。会場を出るとき、隣にいた二十歳前後の若者の声が聞こえた。「なんか、あんまし覚えてへんなあ」。時の経過を思った。

河田恵昭《かわたよしあき》センター長の挨拶文を読むうちに、熱いものがこみ上げてきた。「しなやかでやさしい、やわらかな人々、それでいてとても強くて楽しい人たち。このような魅力のある人びとに支えられた、私たちのいのち、すまい、つながり、まち……。私たちが自然と共生する二十一世紀づくりの知恵を、ここから発信します。それが、いのちや生きていることへの感謝につながっています」

未来は予測できない。でも、瀬名さんのいう「運命への平静さと勇気と知恵を持ちたいと願い、生きる」人々は、たしかに目の前にいる。瀬名さんを招聘した東北大の先生や東大新聞の学生たちのように、未来を考えたいと願う人々の輪も広がっている。列車は、走り始めた。

「ひとつの装置」を見いだすこと

瀬名秀明

中学生のとき、昼の校内放送で星新一のエッセイが訥々《とつとつ》と朗読された。高校のとき、同級生が学園祭で星の小説を寸劇《すんげき》にして演じた。大学時代の恩師は後に星薬科大学の学長となった。星新一という作家は人生のときどきに現れ、私たちに未来を運んできてくれる。

星新一はたくさんのロボット物語を書いたが、なかでも私の心に残っているのは「ひとつの装置」という掌編《しょうへん》だ。著名な学者がひとつの装置を開発する。今の世の中に絶対に必要なものだといわれ、どんな機械かと人々は期待したが、円筒《えんとう》形の胴体に一本の腕とヘソのようなボタンが一個ついているだけ。「何もしない装置」だと博士はいう。

装置は広場に設置された。ある人が好奇心を抑えきれずヘソのボタンを押した。ロボットの腕が作動し始める。いよいよかと皆は見守ったが、その腕はボタンを元通りに引っ張り出すと、また止まってしまう。人々は装置の価値がわからない。やがて人類は最終戦争によって死に絶える。そのとき装置がついに動き出す……。子どものときに読み、星新一の未来への透徹《とうてつ》した視線に胸を衝《つ》かれた。

偶然だが一月十七日は私の誕生日だ。私は一九九五年の震災を直接体験したわけではないが、年齢を重ねるたびに厳粛な気持ちになる。

当時神戸大学に勤めていた田所《たどころ》諭《さとし》博士は、震災を体験し、工学者として自分に何ができるのか問うたのだという。そしてレスキューロボットの研究を始めた。今彼は東北大学の教授として私の隣の研究室にいる。

災害現場では探査ロボットを動かそうとしてもコードが引っかかり、足場の瓦礫《がれき》も崩れ、操縦さえままならない。圧倒的な現実の中で機械はいかにも弱々しい。

消防隊員らがその場ですぐさま操縦できるインターフェースが必要だ。田所研究室はゲームの操作パッドを選んだ。これなら誰もが直感的に使える。見通しの悪い場所でもロボットが確実に動ける技術も開発しなくてはならない。ロボットは自分自身で周囲を察知し、崩れる瓦礫を乗り越えてゆく。ロボットの周りの様子は手元のモニターに三次元的に映し出され、操縦者の判断を助ける。最近、仙台駅の地下通路で無線通信の実証実験も行われた。神戸で思い描かれた希望をのせ、仙台でレスキューロボットは発展し続けている。

未来を考えるということは、私たちひとりひとりが今と未来の間に「ひとつの装置」を見いだすことなのかもしれない。その小さな装置が集まって、未来への列車は駆動《くどう》するのだろう。

科学の情報は独占になじまない

最相葉月

ゴールデンウィーク中、北京《ペキン》へ行った。五輪開幕を控《ひか》え、空港から市の中心部にかけてビルや道路の建設工事が盛んに行われていた。驚いたのは、どんよりと霞《かす》んだ灰色の空だ。報道で見聞きしてはいたものの、実際に雲や黄砂《こうさ》だけではない煙霧《えんむ》に頭上を覆われてみると快適とはいいがたい。私は喘息《ぜんそく》もちなので、出場を辞退したマラソン選手の気持ちはよくわかった。

中国政府当局は三月から排ガス基準に達しない新車の販売を禁じ、五輪期間中は事前に人工雨を降らせて雨雲を大気中の汚染物質ごと消したり、車輌の通行や工場の操業を制限したりして晴天を演出するという。すでに道路には古い車がまったく走っておらず、異様なまでの徹底ぶりだった。

空がやけに気になったのは、最近、黄砂研究で知られる金沢大学の岩坂泰信《やすのぶ》博士にお会いしたからだろう。北京や敦煌《とんこう》に計測装置を持ち込み、黄砂の発生地とされるタクラマカン砂漠や都市の上空の大気を観測した方だ。岩坂さんによれば、砂漠で巻き上げられた砂塵《さじん》は大陸沿岸部の急速な工業化で発生した汚染物質を取り込み、朝鮮半島、日本列島、ハワイ、ときにグリーンランドまで飛んでいくという。となれば、黄砂の観測に国際協力は不可欠だ。

にもかかわらずこの一年、中国は黄砂を含む気象情報は国家機密にあたるとして公表を差し止めていた。当然、岩坂さんのような気象学者に影響は及ぶ。私がお目にかかったのはその真っただ中で、本当に困っておられた。中国の共同研究者から無理してデータを入手できたとしても、相手に迷惑がかかるため論文は発表できない。曰く、「中国も国内の情報だけで天候を予測することはできない。このやり方が有効ではないことは早晩《そうばん》気づいてくれると思うのですが」。

一九八〇年代初め、岩坂さんは南極観測隊員として気象調査を行った。英国のチームがオゾンホールを発見したのは帰国翌年の一九八五年。地球環境が科学研究の対象となり、世界的な重要課題となっていく過程に伴走した科学者であり、だからこそ科学研究の新たな障壁《しょうへき》に直面されたともいえる。

科学の情報は独占になじまない。気象観測に限らない。医療もバイオも、災害のレスキューロボットも。発明・発見者を保護しつつ、いかに多くの国の人々がその果実を享受《きょうじゅ》できるか。そのための話し合いと協力を厭《いと》うのは、未来に逆行する態度だろう。

四月中旬、中国はようやく黄砂情報の提供を再開した。一年間の公開停止は国内外にどれほどの不利益をもたらしただろう。

宇宙からしか見えない地球の姿

瀬名秀明

仙台の小学校へ、研究者や技術者らと特別授業に出向いた。話題は一九八九年まで誰も気づかなかった空の「妖精」についてだ。

雷雲《かみなりぐも》の上を飛行していたパイロットが、火柱《ひばしら》のような発光現象を目撃し、報告した。世の中には誰かが情報を示さないと目に見えない現象というものがある。翌一九九〇年、はじめてその映像が押さえられ、科学者らは沸き立った。

私たちがよく見る雷は、雲の中の静電気が地面と放電することで起こる。しかしこの火柱現象は雷雲の上、高度四〇から九〇キロメートルで発光する。しかもそのかたちは一様《いちよう》ではなく、輪のように広がるものもあれば花火のナイアガラの滝のように光が降ってくるものもある。この現象は「スプライト」（妖精）と名づけられた。同じ名前の清涼飲料水を飲みながら研究者たちの観測が始まった。

なにしろ高い位置で発生する現象であり、発光時間もわずか数ミリ秒であるから、なかなかその形状がわからない。そこで今世界に先駆けて東北大学がスプライト観測衛星をつくっている。地上では限界があるなら、宇宙から見下ろして観測しようということだ。

衛星は百億円規模の予算が必要で、つくるのにも数年かかる。だが東北大ではわずか十数

名の学生たちが一年でつくる。予算も約一・五億円。理学部と工学部の教授は静電気の実験で小学生を惹《ひ》きつけ、衛星の実物大模型を持ち込んでその小ささをアピールした。

先日、宇宙基本法案が衆議院本会議で可決された。情報収集衛星の商業的発展を拓《ひら》くと見られるが、環境科学に取り組む科学者や技術者たちは複雑な気持ちかもしれない。宇宙開発というと人類の開拓精神の象徴と思われがちだが、このように地球を科学の視点で理解しようという立場もある。宇宙からでなければ見えない地球の姿があるのだ。商業利用ではないからこそ創意工夫が求められる。

黄砂も含め、環境そのものは主義を持たない。国境を越えて大気や海はダイナミックに動いている。何を科学として共有し、何を人の問題として協力し合うか。理学部の高橋幸広《ゆきひろ》教授が授業後に呟《つぶや》いた。「今の理科の教科書は、土砂や台風などが災害として大きく扱われている。しかしそれだけではない視点で、子どもたちには地球を見てほしい」。幸い、子どもたちの好奇心は旺盛《おうせい》で司会の私も圧倒された。飛行機やロボットの話をすると休み時間でも聞き入っていた。

一般公募の絵画などを先端のナノ加工技術で刻み込み、スプライト観測衛星は今冬《こんとう》に打ち上げられる。

ネーミングにこめられた科学者の願い

最相葉月

宇宙に打ち上げた「スプライト観測衛星」から雷の発光現象を見る。なんて胸躍《おど》るプロジェクトだろう。「誰かが情報を示さないと見えない現象がある」という瀬名さんのご指摘は、まさにその通りだと思う。

私も最近、横浜の理化学研究所で、普通では見られないものを見た。光学顕微鏡が撮影した分子の姿だ。細胞の分子一個を生きたまま観察することは生命科学者の長年の悲願だったが、物理学者の徳永万喜洋《まきお》さんが中心となって開発した「細胞内一分子イメージング顕微鏡」がそれを可能にしたのである。

私が見たのは、免疫応答《めんえきおうとう》という現象だ。免疫システムを制御するT細胞が異物《いぶつ》を見つけたらどんな反応を起こすか。細胞表面の様子を撮影した映像である。

従来の説では、情報の交換が行われるのは、T細胞と異物が接着する面の中央にある免疫シナプスという場所だといわれていた。

ところが、新しい顕微鏡は定説を覆《くつがえ》した。異物がT細胞と接着した直後から接着面の全体で細かな分子がポツポツとうごめき、それが中央に移動してようやく免疫シナプスを形成したのである。これまで異物を認識して情報をやりとりする場所と考えられていた免疫シナプ

スは、いわば、活性化を終えた分子の集積場にすぎなかったのだ。

徳永さんらは、接着面全体に散らばって活性化する分子の姿が果物の房《ふさ》（クラスター）のように見えることから、これを「マイクロクラスター」と名づけた。蛍光色素で染められた分子が形づくるマイクロクラスターは宇宙塵《うちゅうじん》のように美しく、しばらく見とれてしまった。

科学研究において、ネーミングは思いのほか大切だ。雷の発光現象を「スプライト」と名づけた人は、なんて素敵なセンスの持ち主かと思う。はじけ飛ぶ光の中を妖精たちが舞い踊る様子が目に浮かぶようだ。

京都大学の山中伸弥《しんや》さんがつくったｉＰＳ細胞も、ネーミングの成功例だろう。再生医療を実現すると期待されるこの細胞の名前は、induced pluripotent stem cells（人工多能性幹細胞《かんさいぼう》）の略だが、なぜｉを小文字にしたのかご本人にうかがったところ、流行のｉＰｏｄにあやかったのだそうだ。山中さんのたくらみ通り、今やｉＰＳ細胞の報道を見ない日はないほどである。

名前には、多くの人に知ってほしい、そして、未来のために役立ててほしいという科学者の願いがこめられている。そんな視点から科学研究を眺めてみると、意外に人間くさい側面が見えてきて楽しくなる。

名前は科学技術の行方さえデザインする

瀬名秀明

名前には科学者らの未来への願いがこめられている、という最相さんのご指摘に思わず大きくうなずいた。名前の話題を少し広げてみたい。

スプライト観測衛星は、今一般から愛称が公募されている。宇宙へ飛び立つ衛星は、これまでもその名前とともに、私たちの心を遠い世界へと連れて行ってくれた。月周回《しゅうかい》衛星の「かぐや」は名前の通り優美な映像を送り届けてくれている。二〇〇五年に地球から三億キロ離れた小惑星イトカワにランデヴーした探査機「はやぶさ」も素敵な名前だった。一本の足で素早く小惑星にタッチダウンし、力強く表面のサンプルを採取しようとするその姿を見事に表現していた。人々が二〇一〇年の地球帰還を待ち続けるのも、その名にこめられた願いに希望を見いだすからなのだろう。

私が大学の研究室で細胞生物学を学び始めたとき、最初に驚いたのが海外の科学者たちの優《すぐ》れたネーミングセンスだった。たとえば「シャペロン」と呼ばれる物質がある。細胞の中でつくられるタンパク質をきちんと本来の姿に保つ役割があるので、お目付役の意味で名づけられた。ところが社交界デビューする淑女《しゅくじょ》をエスコートする紳士のように、タンパク質を目的の場所まで案内する働きもあることが後にわかったのだ。科学者の命名が物質の働きを予言した一例である。

言葉は未来をかたちづくることもある。作家ウィリアム・ギブスンが小説で初めて使った「サイバースペース」という言葉は、今や一般語だ。しかし考えてみると不思議なのだが、現実の電脳世界はギブスンが予言したかのように、まずは空間的な認識のもとで普及を遂げてきた。パソコン内のファイルを整理するとき、散らかった部屋を片づけるように、空間的に作業した方が感覚に合う。なぜサイバースペースはスペースと呼ばれ、サイバータイムではなかったのか？

おそらく私たちの脳にクセがあり、時間より空間で物事を把握するほうが簡単だからだろう。ところが最近、マッキントッシュではタイムマシンという機能ができて、視覚的に過去の画面へ遡《さかのぼ》って、昔のファイルを簡単に呼び出せるようになった。この感覚にはちょっとびっくりしている。電脳世界の発展によって私たちは空間だけでなく、時間の地図も日常的に認識できるようになったのだ。

物語の生み出した名前は人間の深層を顕在化し、現実の科学技術の行方《ゆくえ》さえデザインする。しかし未来はそこからも飛翔して、新しい世界を見せてくれる。

脳を補完する「時間の地図」

最相葉月

「時間の地図」。おもしろそうだけど、ちょっと不気味《ぶきみ》な言葉だ。電脳空間に過去がこぼれ落ちることなくそのまま保存され、いつでも検索できる。私はマック・ユーザーではないので、昔のファイルを呼び出せるタイムマシンという機能についてはよく知らないけれど、それって、昔の日記帳を読み返すような小《こ》っ恥《ぱ》ずかしい気分になるのだろうか。それとも、思考のプロセスを客観視《きゃっかんし》できて冷静になれるのだろうか……と、あれこれ想像していたら、クリック一つで破壊されたデータを復旧するありがたいシステムだと知った。なるほど。

脳はそういうわけにはいかない。常日ごろインタビューの仕事をしていて感ずるのは、人の記憶がいかに曖昧《あいまい》かということだ。核心にふれる重要な証言は、必ず裏をとる必要がある。都合よく脚色されていることがあるためだ。悪意がない場合がほとんどだけれど。

出来事の記憶そのものは明瞭なのに、時系列が間違っていることもある。記憶障害の中に、記憶は消滅していないのに、時間構造だけ破壊されてしまう症状があることから、瀬名さんも推察されているように、時間よりも空間で物事を把握して記憶に刻むほうが人間の脳にとって容易なのかもしれない。

時間の地図があまりに厳密なのも考えものだ。もし私たちが渡り鳥のように、何の目印もない数万キロものルートを一度飛んだだけで完璧に記憶できる能力があったらどうか。生起《せいき》順序に囚《とら》われ、やがて情報の洪水におぼれてしまうだろう。自分自身を振り返っても、ここまで生きてこられたのは偉大なる忘却《ぼうきゃく》力のおかげだと思っている。

でも、過去に積み重ねた経験を総動員して向き合う必要があるのが、未来である。電脳空間に限るとはいえ、「時間の地図」を手に入れたことは、脳を補完する強力な助《すけ》っ人《と》を得たことになるのだろう。

ところで、話は変わるが、瀬名さんは薬学博士でもあり、瀬名さんの小説の圧倒的なリアリティは、研究者としての経験が下支えとなっていると思う。よろしければ、なぜ科学の道に進まれたのか、教えていただけないだろうか。

実は、私は子どものころに『宇宙戦艦ヤマト』や『スター・ウォーズ』といったSF作品の洗礼を浴びて科学者に憧《あこが》れたクチで、中学時代は科学部で試験管を振っていた。科学者にはならなかったけれど、あのころ科学が好きで勉強できたことは自分の思考の土台をつくってくれたと思っている。

科学の入り口はどんな色？

瀬名秀明

　私の父は薬学の研究者だったので、小さいころはよく父に連れられて大学に行った。父が実験をしている間、私はそのあたりの丸椅子に座り、細いガラス管の中をくるくると水が回る灌流《かんりゅう》装置やピペット洗浄器の動きを見ていた。低温室では多くのビーカーが攪拌《かくはん》されていたし、動物実験室ではおがくずの中でもぞもぞ動くマウスと会えた。

　私が育った団地の横には、セイタカアワダチソウがにょきにょき生えた空き地があった。秋には鈴虫をとってきて、学研の図鑑をお手本に飼ってみたこともある。隣の市に行くと東海大学の人体博物館と海洋科学博物館があり、生物のしくみがロボットによって説明されていた。水槽の中でマンボウのかたちをした機械が泳いでいるのだ。モーターと金属板でつくられたロボットが、本物の魚そっくりにゆらゆら動いているのがふしぎだった。あのころから生命と非生命の境界に惹《ひ》かれていたのだと思う。

　一冊の星座の絵本がお気に入りだった。鮮やかな黄色い表紙の中央に半円形の大きな窓が描かれ、その向こうには渋く染め上げられた青色の星空が広がる。夏にはこの本を抱えて団地の屋上にのぼり、星と星を結んでいった。大人になってお台場の日本科学未来館を訪れたとき、二十数年ぶりに売店で黄色い表紙を見つけ、思わず手にとってびっくりした。書名は

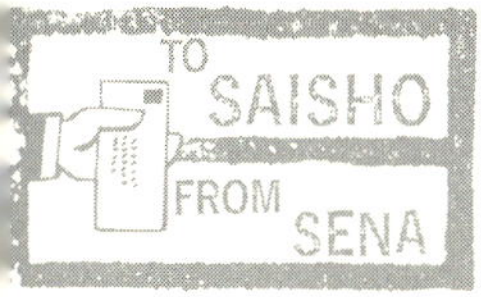

『星座を見つけよう』。そして著者は『おさるのジョージ』（ひとまねこざる）で有名な、長年にわたって世界中の子どもたちに愛されてきたイラストレーター、H・A・レイと記されていたからだ。そうか、この青色をずっと憶《おぼ》えていたのはレイの色だったからだと、そのときひとり納得した。

レイは科学が、とりわけ天文学が好きだったらしい。彼の半生は別の作家が『戦争をくぐりぬけたおさるのジョージ』という絵本に描いている。ナチスがパリに侵攻し、ドイツ生まれのユダヤ人であるレイは自転車を購入して妻とともに絵を抱え、五百万人の市民とパリを脱出する。そして戦禍《せんか》を逃れ、アメリカ行きの船に乗り込む。伝記絵本のクライマックスは、若きレイ夫妻が甲板から夜空を見上げるシーンだ。レイは妻を抱き寄せ、指先で星座を描いてみせる。

最相さんの本にはいつも青色のイメージが溢《あふ》れている。ＳＦアニメやマンガもたくさん見て読んだけれど、私の心の中では今でもレイの絵本の青色が科学の入り口と結びついていて、過去と未来をつないでいる。最相さんが科学を好きになったとき、そこにはどんな色があったのか聞いてみたい。

もうひとつの地球の話

最相葉月

　空を飛ぶ夢は、乳母車《うばぐるま》に乗せられて空ばかり見ていた赤ちゃんのころの記憶が関係していると書かれた文章を読んだことがある。鳥たちと同じように、自分も青空を飛んだつもりになっていたのだろうか。世界を対象とした調査を見ると、青は、もっとも愛される色だそうだ。言葉を獲得する前の人間を包みこむ、原始の色だからかもしれない。

　私の父は松竹大船撮影所の助監督だったため、幼稚園に入るまでは湘南の海辺の町に住んでいた。オフの日は昼間から着流しに雪駄履《せったば》きの父に連れられて浜辺をよく散歩した。当時のアルバムを繰《く》ると、家族で海水浴をしたり砂浜で遊んだりしている写真が何枚もある。と書けば自然に親しんだ子ども時代を過ごしていたようだが、私の大のお気に入りは自動車だった。国道を通り過ぎる車を指さし、あれはカローラ、あれはセドリック、あれはミゼット、と瞬時に識別して悦《えつ》に入《い》っていたらしい。ぬいぐるみを誰にもらったかは忘れてしまったけれど、キャディラックの精巧な模型をプレゼントしてくれた父の友人のことは、名前も顔も、はっきりと思い出すことができる。

　自然と人工、ゆったりとした時間とスピーディな時間が隣り合わせにある町で、私は子どもにとってもっとも大切な時代といわれる幼少期を過ごした。

その後移り住んだ神戸も海と山に囲まれた美しい町だが、一方で急速な工業化が進んでいた。新幹線の開通は一九七二年。山から削り取られた大量の土がベルトコンベアーで海へ運ばれ、やがて巨大な人工島が姿を現した。

中学で科学部に入ったのは、オリエンテーションで上級生が披露《ひろう》した科学マジックに魅せられたという単純な理由だが、科学ががぜんおもしろくなったのは、一九七六年七月二十日に火星に着陸したバイキング一号が撮影した写真を見たときだった。岩だらけの荒涼たる大地だが、空が青い。新聞一面に大きく掲載された火星の姿は、生命の存在を予感させた。ところが、翌日とんでもないことがわかった。前日の写真は配信元であるカリフォルニア工科大ジェット推進研究所が画像処理を誤ったもので、本当は赤茶けた空だったと訂正されたのである。星空を見上げ、どこかに存在するかもしれない生命を想像してはため息をついていた私は、ただただ悲しかった。

文化祭でこの件について研究発表し、生涯ただひとつのSF小説を書いた。先輩が米国に留学したとき餞別《せんべつ》で渡してしまったので手元にはないが、どこか遠くにあるもうひとつの地球の話だった。

Ⅱ 2008年夏　時間と空間を超える旅

未来の自分がやってくる?

瀬名秀明

空気が澄んだ日には実家のベランダから富士山の頂《いただき》がよく見えた。今思い返せば私にとって、そのベランダは魚を飼ったり夏休みの自由研究をしたりと、科学や工作への興味を広げる最初の空間だった。

凧《たこ》や飛行機をつくることから工作を始めた。大好きだったドラえもんのマンガに出てくるひみつ道具を、バルサや木片《もくへん》でそっくりにつくり上げることに熱中した時期もある。ツマミも可動式にして色も塗るのだ。

本を頼りに走馬灯《そうまとう》もつくった。内側で光が灯《とも》るとその熱でゆっくりと羽根が動き、セロハンの筒《つつ》が鮮やかな影を映し出す。そのとき工作の基本を教えてくれたのが文房具屋のおじさんだった。本を持って店に駆け込み、この材料をくださいとページを指さす私に対して、おじさんはまず必要なもののリストをつくり、自分自身で図面にしてみることを教え諭《さと》してくれた。

初代の引田天功《ひきたてんこう》がテレビで脱出マジックを繰り広げ、川口浩が次々と秘境を探検している時代だった。私は手品や目の錯覚《さっかく》トリックにも夢中になった。ベンハムのコマと呼ばれる錯《さっ》視《し》がある。白黒のパターンが描かれたコマを回すと、そこから赤や青の色彩が浮かび上が

る。いくつも自分でパターンを描いて回して遊んだ。オランダの画家M・C・エッシャーは憧《あこが》れの存在だった。グラフィックデザイナーの福田繁雄《しげお》さんがエッシャーのふしぎな絵を三次元の造型で再現するという活動をしていて、さっそく私もまねてペンローズの三角形を紙《かみ》細工《ざいく》でつくり、ねじれたように見える角度から写真を撮った。

マンガや小説も書いていたが、SFを意識したことはなかった。当時は最相さんと同じく、火星の青い空の報道に驚いたけれど、残念ながらそこからSFには至らなかった。まだあのころは空もSFも、自分で描くには遠かったのだ。

鮮烈に憶《おぼ》えていることがある。小学生のころ、川の土手で水彩スケッチをしていた。どうしても空がうまく描けず悩んでいると、ひとりの青年が通りかかり、空と私の絵を素早く見比べると絵筆を取って白と黒の絵の具をついばみ、たちまち画用紙の上に光と影を含んだ雲を描き出したのだ。目を瞠《みは》る私にその人は空の光をよく見てといい残し、微笑《ほほえ》んで行ってしまった。

タイムマシンでやってきた未来の自分だったのかもしれない、と考えた時期もある。あのとき青い空を描けなかったからだろうか、私は昨年にパイロット免許を取った。今は文章で空を描きたいと無性《むしょう》に思う。

地蔵盆とインコの死

最相葉月

わが家の真正面は、広大な墓地だった。小学校の行き帰りはいつもその中を通り抜けた。毛虫やへびと遭遇したこともある。玉垣《たまがき》に飛び乗り、地面に足をつけずにどこまで行けるかを友だちと競ったり、かくれんぼしたりして遊んだ。

お盆を過ぎると、辻の地蔵堂で地蔵盆が行われた。お地蔵様に新しい前垂《まえだ》れが着せられ、供え物の菓子が集まり始めるころになるとわくわくした。近所のおばあさんたちの数珠《じゅず》回しに参加したあとにお菓子を分けてもらえるし、夜にはささやかな花火大会や肝《きも》だめしが用意されていたからだ。

谷崎潤一郎の『細雪《ささめゆき》』にも描かれているが、阪神地区の河川流域は昔からたびたび洪水に見舞われ、多くの命が失われた。散歩をしていると、時折、慰霊碑《いれいひ》を見かける。一緒に数珠を回したおばあさんたちも幼いころに家族を失い、賽《さい》の河原で苦しむ彼らが救われるよう地蔵菩薩《ぼさつ》に祈りを捧《ささ》げていたのかもしれない。

ある夏の日、かわいがっていたセキセイインコが死んだ。墓地の一角に埋めたのだが、ほかの墓に倣《なら》って小さな卒塔婆《そとば》を立てたのがよくなかった。翌日、何者かによってごっそりと掘り返されていたのである。あらわとなった死骸《しがい》に蛆《うじ》がわき、骨がかすかにのぞいていた。

私は埋め直す気持ちの余裕もなくその場を走り去った。翌日からは、遠まわりでも墓地を迂《う》回《かい》した。これまで平気だったのが嘘のように、墓地が恐ろしくなった。死骸がその後どうなったかは知らない。

死はすぐそばにある。夏が教えてくれたことだ。

最近、妙に生々しいペットロボットがある。正直ちょっと気味が悪い。その理由を考えていて、ロボット工学者の森政弘さんが提唱した「不気味の谷」仮説を知った。人間に似せてつくられたロボットは人に親近感を与えるが、あまりに似ていると非人間的な部分が際立ち、まるで動く死体のように見えて、親近感が突如、不快感に転じてしまう現象を意味するそうだ。瀬名さんの小説でも重要なキーワードの一つだと思う。

ソニーの「ＡＩＢＯ」はこの現象を考慮してメカニックにデザインされた。そのためか生や死をまったく意識させない。それに対し、リアルなペットロボットはいつまでも死なないからこそ死を強く意識させる。こういう存在は将来、子どもたちにどんな生命観を育《はぐく》むのだろう。

そういえば、スピルバーグ監督の映画『Ａ.Ｉ.』で、人間になりたいと願いながら二千年後の未来まで生き続けた人間そっくりの少年ロボットに安らぎを与えたのは、死だった。

夏は教えてくれる

瀬名秀明

ドラえもんの映画は春に公開されるが、そこで描かれるのはたいてい夏休みの出来事だ。のび太は新しい友だちと出会い、新しい世界に行き、そして家へ帰ってくる。いつもぐうたらなのび太も映画版では特別で、勇敢に危険を乗り越えてゆく。

映画監督の山崎貴《たかし》さんがこんなことを語っていた。のび太は冒険から帰ればまた〇点を取る。そのパターンは同じだけれど、それでも毎年映画を観ていると、のび太が少しずつ成長していることがわかるのだと。

ドラえもんを観て育った世代がドラえもんの映画をつくるようになった。二十六年後にリメイクされた『のび太の恐竜２００６』ではのび太たちが最後まで大人の助けを借りずに自らの力だけで目的を成し遂げる。きっとスタッフは自分が小学生だったころのことを思い出しながらストーリーを考えたのだろう。映画のキャッチフレーズは「ぼくたちは時間も空間も超えてゆく」――二十六年分の夏が私たちに教えてくれたことだ。

のび太に育てられたピー助のモデルとなったフタバスズキリュウは、私が生まれた一九六八年に化石が発掘され、そして奇《く》しくも映画がリメイクされた二〇〇六年にようやく学名が与えられた。三十八年間で科学者が見出したその姿は、残念ながら藤子・F・不二雄先生が描いたピー助とは大きく異なる。

フタバスズキリュウは卵で産まれるのではなく胎生《たいせい》だったかもしれない。それにおそらく陸地では動けなかっただろう。『のび太の恐竜』の物語は科学の発見とは離れてしまった。それでも夏休みに初めて東京に出て国立科学博物館でフタバスズキリュウの骨格を見たときの喜びは憶えている。

国立科学博物館が二〇〇五年に開催した恐竜博は、ティラノサウルス「スー」の大きな全身複製骨格が目玉だったが、本当の主眼は恐竜が鳥へと進化していったその歴史を示すことにあった。最後に出口にたどり着いたとき、生きたハトが籠《かご》の中にいて意表を衝《つ》かれた。ダーウィンが進化論を研究するきっかけとなった鳥だ。ごくふつうのハトを前にして、今自分が遠い旅をしてこの現代に戻ってきたのだと気づき、私は涙がこぼれそうになった。

雲が動き、雨を降らせる。東北大学工学部の道路沿いが多くの紫陽花《あじさい》で色づくこの時期、受験生に向けたオープンキャンパスが始まる。昨年は自分の研究をたどたどしく説明していた学生が、快活な笑顔で展示の前にいた。

いつでも夏は永遠のふりをする。だからこそ生きることについて、大切な何かを教えてくれる。

進化論が生まれた場所で

最相葉月

恐竜は空を飛ぶ鳥になって、現代にいのちをつなげた。想像するだけで陶然《とうぜん》となる。

ダーウィンといえば、ロンドン郊外のダウンハウスへ行ったことがある。ダーウィンが後半生を過ごし『種《しゅ》の起源』を書き上げた家だ。取材でケンブリッジ大学に行った帰り道、急きょ予定を変更して立ち寄った。

ダウン村の静かな高台にある三階建ての木造建築で、今は博物館になっている。受付を入ってすぐ左手の部屋がダーウィンの書斎だ。午前中は間に休憩をはさみ、ここで執筆と研究に専念したという。テーブルには標本の入ったボトルやメモが雑然と置かれている。ダーウィン没後は複数の借家人が住んだというが、歴史考証を経て復元された部屋はさっきまでダーウィンがここにいたような体温が感じられた。インタビューの約束があってやって来たものの、秘書に「ダーウィン先生は庭を散歩中なのでしばらくお待ちください」といわれて待たされているような錯覚《さっかく》に陥った。

書棚には地質学や天文学、数学、生物学などさまざまな分野の本が並ぶ。気になったのは、カーテンで仕切られた小さなコーナーだ。ラックの上にポットやタオル、香水の瓶《びん》のようなものが見える。床には大きな白い盥《たらい》があった。水浴びでもしたのかと思いきや、簡易ト

イレだった。たびたび体調を崩したので、洗面のたびに外へ出なくてもすむようにしていたという。

広大な裏庭を歩くと、ランや食虫植物を観察した温室があった。ダーウィン存命のころは、飼育室に野生のものから品種改良したものまで、九十羽ものハトがいたらしい。ここから進化論が生まれたかと思うと、背筋が伸びた。

クローン羊ドリーが誕生してからクローン技術を取材していた私は、科学的な事実を伝えながら、ぬぐいがたい違和感を抱えていた。四十億年前の生命誕生以来、連綿と続くいのちの鎖をリセットできるということが不思議でならなかった。頭でわかったつもりでも、三十数年間生きてきた自分の体が全身で反応していた。

ダウンハウスを訪れたのはそんなときだった。日々観察に徹し、生命の進化を生涯考え抜いたダーウィンの歩みをたどるうちに、今ある、このいのちこそが尊い奇跡だと気づいた。ドリーもまた。

十代の夏のちょうど今ごろ、家のベランダでアブラゼミの羽化《うか》を見たことを思い出す。抜《ぬけ》殻《がら》につかまって青白く柔らかい羽をゆっくりと伸ばす姿は、息が止まるほど美しかった。セミの長くも短い生涯を思い、切なくもなった。世界はいのちに満ちあふれていた。

飛行機は人の眼差しを永遠に変えた

瀬名秀明

今沖縄で最相さんへの返信を書いている。ちょうど一時間のフライトを終えてきたところだ。地元のベテランパイロットと知り合って、その方が所持する自家用小型飛行機に同乗し、自分でも操縦してきたのである。那覇《なは》空港から離陸し、東海岸沿いの島々を巡航して、与那原《よなばる》から那覇の上空を抜けて滑走路《ランウェイ》18へ戻る。高度は最大でも三〇〇メートル。幾重にも変化し深みを帯びた海の色とビーチの白さが際立ち、波頭《はとう》の動きもよくわかる。遠く西では雲の下に灰色の斜線が降っていた。局所的な雨だ。

パイロット免許を日本用に書き換えて、初めての飛行だった。右側の副操縦席で、私は知り合いの管制官の言葉を思い出していた。

「瀬名さん、今後は新しい町へ行ったら、飛行機を借りて空を飛んでみなさい。初めての町でもスッと全体が見えてきて、町に馴染《なじ》みやすくなるんです」

プロペラひとつの小さな機体で飛んでわかるのは、那覇空港の忙しさだ。民間ジェット機と自衛隊機がひとつの滑走路を共有している。数分ごとに離着陸を繰り返すトラフィックを、民間の管制官がさばいてゆく。地上で待機するジャンボ機の横を抜けて、私たちの飛行機は急いで着陸した。ふつうの旅行では感じることのない沖縄が見えた。

科学は一編の論文によって私たちの世界観を変え、技術は人の視点を変える。「進化」の発見は世界の見方を一新し、飛行機は人の眼差しを永遠に変えた。

サン＝テグジュペリの『人間の大地』にこうある。「飛行機は一個の機械にはちがいないが、しかしなんという分析の道具だろう！」「飛行機とともに、わたしたちは直線を知った」

人類は空を飛ぶことで初めて直線という数学の概念をその身で実感し、その目で自らが創り出した道や家や町を見下ろせるようになった。だが私は昨年、自分で小型機を操縦して西アフリカを飛び、初めてこの言葉にこめられた意味に気づいた。村落や道は人工物のはずなのに、アフリカで見るそれらは驚くほど大自然のうねりや尾根の形状にフィットして、まるでそれ自体が環境に適応して息づく生命体のように見えたのだ。直線を知った目で人間の営みを見下ろしたとき、私たちのいのちはやはり世界の一部なのだと、当時サン＝テグジュペリははっきり感じていたのではないか。

いちど飛ぶとふつうの市街地図もいのちの集合体に見えてくる。今机の前の窓から沖縄の町と空が広がっている。地図を持ってこれから散歩に出てみよう。

ストリートビューに運ばれて

最相葉月

飛行機を自分で操縦して空を飛ぶ。セスナ周遊券をもらうために目下《もっか》、クレジットカードのポイントをせっせと貯めている私には夢のような話だ。東北大ホームページにある瀬名さんの「飛行訓練日記」によれば、ある研究者に「飛行機の物語を書くなら、飛行機ぐらい操縦できるようにならないと」といわれ、それもそうだと思って免許をとられたとか。私も未知の分野を取材する前に専門の講座で勉強してから臨むことはあるが、飛行シーンを書くために作者がパイロットになってしまうとは、けた違いの行動力だ。

飛行機を操縦できない私は、せいぜいグーグル・アースで人工衛星の目になって地球を見下ろすぐらいだろうか。十年前から中国ハルビン出身のSさんの身元引受人《みもとひきうけにん》をしているが、今や彼女の実家を上空から眺めることもできる。一家でもっとも優秀だった彼女は、都会の小学校に通うために都市籍を取得して親元を離れ、ひとり暮らしをしていた。当時の下宿や、「自転車で走るとすっごく気持ちいいです」といっていた大草原のまっすぐな一本道も見える。グーグルの写真がいつ撮影されたものかは知らないが、まだ幼い彼女が自転車をこぐ姿が目に浮かび、この広大な大地からはるばる日本へきて働いている彼女を改めて尊敬する思いだった。

ＩＴ技術は人間の視点をどこまで連れていくのだろう。空間だけでなく、時間まで行き来できるようになるのだろう。

最近公開されたストリートビューというサービスがある。これは公道に沿って町を撮影したウェブ上の地図で、試しに検索したら、駆け出しのころに住んでいたアパートが現れて驚いた。未来の自分の姿を想像することなど一切なかった場所。そんな自分が今、未来を語っている気恥ずかしさがこみ上げ、当時の記憶が猛烈によみがえった。

隣に中国人の若い女性が静かに暮らしていた。昼間は大学、夜は仕事をしているようで帰宅は遅く、顔を見れば会釈《えしゃく》する程度だったが、一度だけ言葉を交わしたことがあった。プランターで育てていたコスモスが白い花を咲かせた日、水やりをしていると彼女がちょうど出かけるところで、「咲きましたね」と微笑《ほほえ》んだ。「ええ、ようやく」。そう答えながら私は、彼女も花の成長を見守ってくれていたのかと思い胸が熱くなった。翌年、偶然知り合ったＳさんの身元引受人になったのも、その女性とのささやかな交流があったからかもしれない。

あれから十一年。彼女は北京五輪をどこで見たのだろう。志は、遂げられただろうか。

「応援」は生きることそのもの

瀬名秀明

　世界の祭典であるオリンピックは、「スポーツ」という概念を拡げ、さまざまな想いを持つ人や、そして先端科学の願いさえもその開催国へと引き寄せる。

　ちょうど北京オリンピックが始まる直前、有名な科学雑誌「ネイチャー・メディシン」が印象的な表紙の最新号を送り出した。バトンの代わりに試験管を受け渡すアスリートたちの写真だった。その号ではスポーツドクターに焦点をあてた記事が掲載された。競技中に事故で腱板《けんばん》や靭帯《じんたい》を傷つけてしまう選手は少なくない。いかにすばやくその場で処置をし、後の手術への負担を軽減させるか。近年の再生医療技術を軸に、北京へと向かうドクターたちの挑戦が紹介されていた。

　ロボットの世界にも「RoboCup《ロボカップ》」というサッカー競技がある。人工知能を搭載《とうさい》したロボットたちは、フィールドで自ら考えて動き、ボールをける。いつも国際大会はワールドカップやオリンピックの開催国で行われるのだが、今年も中国の蘇州《そしゅう》で開催され、日本勢はヒューマノイドリーグなどで優勝を果たした。

　おもしろいのはこれがあくまでも科学技術の学術大会であることだ。試合後には参加チームが互いに研究の成果を発表し合い、論文賞も授与する。どこかのチームが画期的な機構を

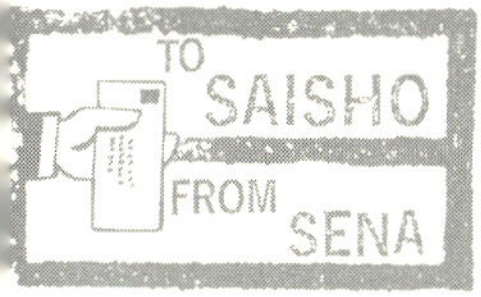

つくってきたら、次の年は他のチームがそれを改良して持ってくる。そうして互いに高め合ってゆく。そういう背景を知ってロボカップを見ると、人の想いと科学の進展が胸に迫り、相手はロボットなのに、つい応援にも力が入る。

最相さんはスポーツの現場で応援する人たちの熱い姿を描いている。『熱烈応援！スポーツ天国』では綱引《つなひき》やドッジボール、雪合戦《ゆきがっせん》に至るまでさまざまな競技に集う人々の姿を紹介し、『東京大学応援部物語』では敗戦続きの東大野球部にエールを送る応援団員の想いを伝えていた。スポーツとはふしぎなものだ。応援し、支える熱意と、競技記録という厳然たる事実がフィールドでぶつかりあう。

北京五輪が終わり、パラリンピックが同じく中国の首都北京で始まった。日本では障害者スポーツは文部科学省ではなく厚生労働省の管轄、つまり「福祉」の一環として位置づけられているという。しかしパラリンピック選手が使うスポーツ義肢《ぎし》や車いすなどは、福祉であると同時に世界の舞台へと挑戦する、科学技術と人の想いの結晶だろう。

応援とは、人間が生きることそのものかもしれない、とさえ思う。今年のパラリンピックではどんな応援が繰り広げられるだろうか。

治療を超え、人間はどこまで強くなるのか

最相葉月

北京パラリンピックが開幕した。連日、装具と一体化した選手の心身の力に驚かされ、車いすや義足など技術の進歩ぶりに目を瞠《みは》る。選手のどんな些細《ささい》な要望にも応《こた》えようとする技術者と、ミリ単位の違いを即座にエネルギーに転換できる車いす陸上選手。両者の共同作業を取材したテレビ番組を見ていて、瀬名さんのいうように、パラリンピックはたしかに技術者同士の闘いでもあることを実感した。

かつて取材した競輪選手たちのことを思い出す。総重量たった七、八キロに最先端の技術力を注いだのが競技用自転車、ピストレーサーだ。フレームの角度のわずかな違いや部品ひとつで体にかかる負担が変化する。ライバルのレーサーをその選手がいない間にひそかに研究する選手もいるらしい。

水着問題でも明らかだったように、有能な選手ほどウエアや靴などの装具に細心の注意を払う。パラリンピック日本選手団の義肢メカニックを担当した臼井二美男《うすいふみお》さんも北京入り以来、他国の技術を盗めないかと写真撮影に大忙しだったそうだ（「読売新聞」二〇〇八年九月七日朝刊）。技術競争は私たちの夢を運ぶ。でもその一方で、この競争はどこまでいくのかという不安が胸を過《よぎ》る。

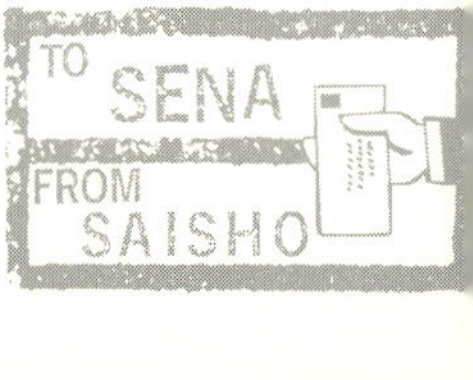

バイオテクノロジーの分野では、健康目的以外に医科学の技術が身体に介入するエンハンスメント、すなわち能力増強がここ数年の話題だ。スポーツでは薬物によるドーピングがたびたび表面化するがそれだけではない。米ブッシュ大統領の諮問《しもん》生命倫理評議会会長レオン・カスがまとめた『治療を超えて』という生命倫理政策の報告書がある。報告書はスポーツ選手の増強剤の使用に言及し、究極的には遺伝子操作や意図的に身体を改変して最先端の機能をもつ義手や義足を装着する、人間がいわばサイボーグ化する未来までを想定している。そんなバカなと感じるかもしれないが、私たちが選手にもっと記録を伸ばすこと、メダルを獲《と》ることだけを要求し続ければ、いずれ自ら身体を傷つける選手が現れないことを誰が否定できるだろう。

選手の美しさに感動し心からエールを送りつつ、どこかでそんな未来を危惧する。治療を超えて、人間はどこまで強くなるのかと。レオン・カスはその著『生命操作は人を幸せにするか』でこうも書いた。「こうした不安が人間性や尊厳の重要な問題と結びついていることは明らかであり、私たちはあえてその不安を無視しているのだ」

科学は、私たちがどんな未来を幸福とみなすのかを問いかけている。

エールのあり方が未来を決める

瀬名秀明

レース終盤、先頭を走る選手がバランスを崩し転倒したときには、画面の前でハッと息を呑《の》んだ。続いてもうひとりがインコースで倒れる。女子二〇〇メートル（切断・機能障害）で日本の中西麻耶《まや》選手は転倒した選手らを避けるように走りきって四位。見ていて鼓動が速まったのは、応援の気持ちと事故の不安が心の中でぶつかりあったからだ。選手たちの躍動にエールを送りつつ、肉体と義肢の調和がいかに難しく、それに挑む人の力がいかに強靭《きょうじん》なものであるかを改めて感じた。

パラリンピック閉会後、最相さんの言葉に促されて『治療を超えて』を書棚から取り出してきた。これは米大統領の発令によって設置された生命倫理評議会が、二〇〇三年にまとめた報告書だ。私たちは病気になったとき、医者にかかり、クスリを飲んで治療する。しかし今後科学が進めば、まさに〝治療を超えて〟身体機能を強化し、クスリで心や気持ちを自在にコントロールできるようになるかもしれない。医学・法学・哲学の専門家によって構成されたこの評議会は、そういった未来の可能性と倫理を論じている。

より望ましい子どもを授かるための選抜や産み分け、老いとの決別、精神を操作する薬物、それらとともに大きく取り上げられているのがスポーツとエンハンスメントの問題だ。

より速く走りたい、より遠くへ跳びたいという願いは、筋肉を増強させ、遺伝子を改変して、より優秀になりたいという欲求につながる。どこまでそれは許されるのか。

読み返して強く感じた部分がある。人々の「応援」の大切さをこの報告書が指摘していたことだ。私たちはスポーツ選手に声援を送るが、ドーピングで勝つ姿は見たくないと思う。なぜだろう。私たちは人間として、その選手が努力によって才能を開花させ、優れた成績を生み出すことに感動するからだ、と報告書は論じる。スポーツには競技する人だけでなくそこに集いエールを送る観衆がいる。その両者にとって〝生きた経験〟となることが大切なのだと指摘して、そこに生命倫理の意味を見いだす。

人間はどこまで強くなるのか。もし未来の社会が危惧《きぐ》する方向に行くとすれば、それは私たちのエールのあり方が変わったときなのだろう。選手の何を美しいと思い、何に感動するかが変わったときだ。応援とは人間が生きることそのもの――スポーツは私たちの幸福が個人のエゴに留まるのではなく、共有の中で成り立つことを教えてくれる。

応援する資格というもの

最相葉月

九月十三日、秋の六大学野球が開幕した。神宮球場では開幕式に続き、春季優勝校の明治大学と最下位だった東京大学の初戦が行われた。私は東大応援部のいる学生席のそばに座り、春より着実に力をつけた野球部のプレイに見入っていた。

瀬名さんのおかげで、さまざまなスポーツの現場で繰り広げられる応援を取材した日々を懐かしく思いだしている。あのころ、勝利の喜びをなかなか味わえないため、応援に何の意味があるのかと悶々《もんもん》と悩む東大応援部の学生たちに会った。約二年の取材期間中、彼らと一緒に声を張り上げながら応援していて感じたのは、必死に戦う選手が生き生きと輝いているのは当然だれど、声をからし、時には涙を流しながら応援する人々もなんて美しいのだろうということだった。

選手がどんな練習を積み重ねて今日この日の晴れ舞台を迎えたのか。それを見守り、自らも厳しい練習に耐えてきた彼らだからこそ、勝敗に関係なく選手たちの健闘を称《たた》えることができる。連敗記録を更新していた野球部が十六試合ぶりに勝利したときの主将の言葉は今も胸に残る。試合終了後、おめでとうと差し出した私の右手を固く握り返しながら彼はいった。

「よかったです。一生懸命練習してきた野球部が、これでようやく報われる」

自分たちが報われることは期待しない。応援する資格というものがあるとすれば、それは見返りを求めず、ひたすら相手を心から応援し続けた者だけに与えられるものと知った。

パラリンピックに出場した選手を支える家族もそうだ。選手のけがや精神的な揺らぎを全身で受け止め、一つ一つの振る舞いを気にかけ、支え続けた人々。パラリンピックの主役はもちろん選手だが、彼らがいかに厳しい練習を乗り越えてそこに立つことができたかを知る家族こそ、最高の応援団だ。

オリンピックとパラリンピックの支援体制には経済面やスタッフ面で大きな差があると聞く。メディアは、選手がここまで力をつけるためにどんな努力をしてきたか、日常生活でどんな不自由を抱えてきたのかをもっと報じるべきだし、できれば家族も情報発信してほしいと思う。深い理解は健常者と障害者を隔《へだ》てる垣根《かきね》を低くし、やがて応援のかたちを変化させていくだろう。

閉会式では、観客と選手が書いた「未来への手紙」がポストに投函《とうかん》された。この手紙が開封されるころには、片足のスイマー、南アフリカ共和国のナタリー・デュトワのような選手の存在がオリンピックで特別視されなくなることを祈りたい。

Ⅲ 2008年秋　生命の不思議をめぐる旅

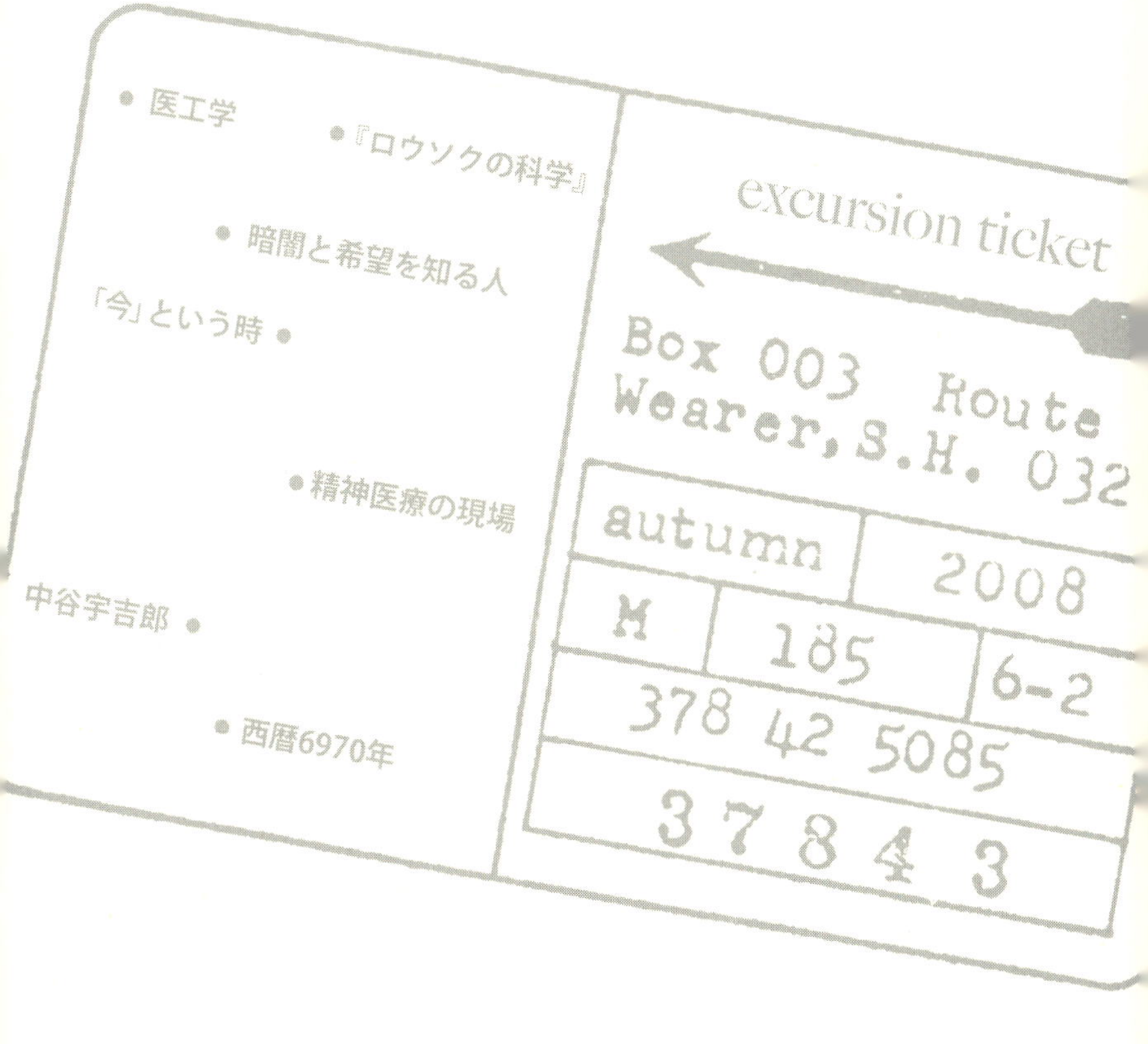

〝医〟が〝工〟の前にあってほしい

瀬名秀明

今年の春、東北大学大学院に日本初の医工学研究科が生まれ、その発足初日に高校生や大学生を連れて研究室を見学して回る機会があった。人工網膜の開発や骨再生医療に利用できる新素材の探索など、文字通り医学と工学の融合を目指す大学院だ。

ところが数日後、参加した大学生のひとりが私のところへ思い詰めた顔でやってきた。どうも釈然としない部分が残って、ツアーの感想文が書けないという。

電機系の学部三年生である彼は、医学が自分の学んできた学問とまったく違うことにショックを受けていたのだ。これまでは講義で理論を身につけ、この実験ならこの結果が出るはずだと予測して実習に臨んでいた。ところが医学ではまず治療という現実がある。世界観の違いに彼は気持ちが整理できずに戸惑っていた。

近年、再生医療の発展とともに、医学と工学を取り結ぶさまざまな研究にも注目が集まりつつある。一方では最相さんが指摘するように、治療を超えて人体を改造するエンハンスメント技術も台頭している。それらの報道に触れたとき、生命と機械の境界でせめぎ合うひりひりとした疼《うず》きを感じることがある。肉体の中だけでなく社会の中でも、異分野の狭間《はざま》で未来がもがいているように思えるのだ。

九年前にロボットの取材を始めたころ、ヒト型ロボットばかりに目が向いていた私を変えたのは早稲田大学の藤江正克《まさかつ》教授だった。藤江さんがかつて開発した歩行支援機は、多くの高齢者にもっと自分で町へ出たいという気持ちを駆り立てたそうだ。自分の足で歩くことは人間の根元的な尊厳だ。工学はその想いを支援できる。ひとりの人間を救うには、医学や看護という道だけでなく、工学でいのちを救う道もあるのだ。

「きっと君たちが進学したとき、医工学はもっと変わると思う」と私は学生に伝えた。今大学は異分野融合へと踏み出そうとしている。でも教授陣でさえその確かな道筋《みちすじ》は知らない。君は医学と工学の壁をスタート地点で感じ取った。その君たちが教授陣と刺激し合うことで、これからの医工学はつくられてゆくんだと。

後日、彼から感想文が送られてきた。

「僕は〝医〟が〝工〟の常に前にあってほしいと思います。研究に没頭するあまりこれが逆転して、工学的な目的のために医学が使われることがないよう、常にその目的とその未来を見据《みす》えながら研究を進めてゆく必要があると感じました」

――最相さんとともに未来への周遊を続けながら、今この学生の言葉を改めて思い返している。

永遠に「今」という時に在り続ける

最相葉月

〝医〟が〝工〟の前にあってほしい――瀬名さんにそう書き送った学生のことをとても心強く思う。もはや病は人から奪うだけのものではない。

先日、ある医学系の新聞の取材で、二年前に若年性アルツハイマー病と診断された男性に話をうかがった。長年医療の現場で重要な仕事をされてきた方である。

若年性とは六十四歳までに発症したものを呼び、はじめは一時的な物忘れから始まるが、そのうち字が書けなくなったり、道に迷ったりしてストレスが増大することからうつ病と間違えられることもある。男性の場合も、数年前に字を思い出せないことがたびたびあったが、パソコンばかり使っているためだろうと考え、病院には行かなかった。体調がすぐれないまま二年あまりが過ぎてしまったという。

資料を読む限りでは、発症から四～五年を経た方へのインタビューが果たして成立するのかと内心不安だった。ところがお会いした瞬間、それは杞憂《きゆう》とわかった。夫人に助けられつつではあるが、ご自身が病気をどう受けとめたか、診断を受けてからどんな日々を過ごしてきたかをゆっくりと、ときに微笑みつつ話してくださったのである。

意外だったのは、一般に記憶を失うといわれることにもさまざまなかたちがあるというこ

とだ。脳の中に年表のようなものがあって、そこからバサバサと抜け落ちるように真っ白になるのではない。たとえば字や道順などは、空間の歪《ゆが》みとともに認識できなくなるような感覚があるという。話すほうも、突然まったく話せなくなるのではない。言葉に詰まることはあっても、夫人が一言つなげばすぐに、ああそうそうと思い出すことができる。薬の効果も向上し、以前より進行を抑えることができるようになったそうだ。

男性は今回、同じ病気を患《わずら》う人々やその家族の力になればと、実名での取材に応じてくださった。やがて自分が誰なのかわからなくなるかもしれない。過去も未来もなくなるかもしれない。けれど今の今、家族だけでなく、見知らぬ他者の魂とつながることを選んだ。未来へのバトンはあなたがたに託す、と。

ご夫婦を励ましたのは、患者家族会と若年性アルツハイマー病の患者として手記を発表したクリスティーン・ブライデンの著書だ。彼女の『私は私になっていく』にはこうある。〈永遠に、「今」という時に在《あ》り続けることは、新しい生き方だ。生きる極意《ごくい》と言っていいかもしれない〉

時は流れずそこにある

瀬名秀明

「今」という時に在り続けることは、新しい生き方——という最相さんの引用文から、先日読んだ小説『われらが歌う時』を思い出した。物理学から転身した米国の作家リチャード・パワーズの長篇で、ユダヤ系の男性物理学者と黒人の女性音楽学生の間に生まれた三人の子らが社会の偏見に晒《さら》されながらもそれぞれ才能を開花させてゆく物語だ。

これほど〝今〟と〝時〟というふたつの漢字の重みが胸に迫ってくる小説はない。三世代にわたる長い物語だが、語り手である子はつねに今という時を感じ、考えようとする。

宇宙の真理を追究する学者であった彼の父は、「時は流れずそこにあるのだ」と彼らに教えた。だからこの物語はたくさんの今を積み重ねてゆく。そして時間論の考えに基づくなら、「過去に戻るためには、あなたは一度そこにいたことがなければならない」。

読了後、私は主人公たちとともに多数の〝今〟を生きていることを実感していた。それはすなわち過去や未来という今を生きることでもある。

今という時は、臨床科学の現場にも積み重なる。十歳上の先輩がこの春に亡くなった。転移がんが神経組織に絡みつき、大手術を受けたが完治せず、がんの性質が変わってしまった。最後の数年は松葉杖《づえ》をついて、私が研究室を訪ねるといつも泣き笑いの顔をつくった。

基礎研究出身の彼は大学病院の薬剤業務もこなしながら新しい薬学をめざしていた。患者の血液や尿から超微量物質をすばやく定量し、医師に助言して将来の治療に役立てる研究だ。基礎と臨床の橋渡しである。

今でこそノーベル賞を受賞した田中耕一さんの分析機械が病院薬剤部に導入される時代だが、当時は技術的にも困難が多い仕事で、それでも基礎研究ばかりに目が向いていた学生の私は彼の研究を見て科学観が変わった。

ひとりの患者さんのために日々のデータを取り、予後を診断する。地道で注目されにくい研究だが、わずかな徴候を的確に検出するには科学者としての創意工夫が不可欠だ。患者さんと手を取り合い、よりよい未来へ歩んでゆくために、その人の今をしっかり見つめる。それは人間のいのちに根ざしたこれからの科学なのだと諭《さと》してくれた。

数年前から彼は毎朝起きると奥様に感謝の言葉を伝えていたという。いつも周囲に細やかな気遣《きづか》いを忘れず、しかし決断の勇気を併《あわ》せ持つ先輩だった。限られた人生を予感しつつ、科学者として今という時に在り続けたのだ。彼は今を積み重ねて、科学の未来の歌をわれらに託《たく》したのだった。

記憶から消えない戦争

最相葉月

米軍機が二機、頭上を飛んでいった。私は今、嘉手納《かでな》基地近くのある精神病院にいる。常夏《とこなつ》の島も、気温が三十度以下となるこの季節には、月桃《げっとう》の実が橙《だいだい》色に染まって秋の到来となる。

たった今、十八名のお年寄りの皆さんと童謡「赤とんぼ」を歌ったところだ。彼らは認知症の患者で、今日は週に一度のシルバーコーラス教室。音楽療法士の女性は、ひとりひとりにやさしく話しかけながらリクエストを聞き、ピアノや三線《さんしん》で伴奏《ばんそう》をした。「荒城の月」「故郷の空」「三百六十五歩のマーチ」や沖縄民謡「かなさんどー」など十数曲が次々と歌われていく。

さっきまで下を向いて眠っているように見えた男性が、頬《ほお》を紅潮《こうちょう》させて声を上げている。仲間と手をつなぎ、踊りながら歌う人もいる。音楽はたしかに彼らの中の何かを刺激しているようだった。ただひとり、私の隣のS子さんを除いて。

歌本を開きはするものの、S子さんはちっとも歌わない。歌わないまま、ただただ時間は過ぎていく。知らない歌なのかな、それとも病気が重くて歌えないのかな。私はS子さんの口元をちらちらと見ながら気が気でなかった。

精神医療では薬物による治療が一般的だが、この病院では音楽や園芸、造形、絵画などを用いた環境全体の力で患者の回復と社会復帰を支えようとしている。統合失調症やうつ病の患者が自ら作物を育てる農場もあり、かぼちゃや茄子《なす》、きゅうり、大根、ウコンなどが栽培され、食堂の食材として使われている。売店でも販売しており、牛糞《ふん》で育てられた有機野菜は多少形が変でも職員に大人気だ。彼らの収穫したレモングラスで煮出したハーブティーは東京のカフェで飲むより数倍コクがあって旨《うま》かった。種を蒔《ま》き、季節の訪れとともに収穫する。植物の成長サイクルは、人々の心に「過去や未来という今」を実感させているように思えた。

さて、コーラス教室もいよいよ終わりに近づくころ、突然、S子さんが歌い始めた。戦後まもなくラジオの「復員だより」のコーナーで流されて大ヒットしたという「里の秋」で、外地に出征した父親の帰りを待つ母と子の思いが歌われている。医師からは、記憶を失ったように見える彼らでも、戦争はときどき顔をのぞかせると聞いていた。

「ああ父さんよ　御無事でと　今夜も母さんと祈ります」と、少し不安定だけど力強い声で歌うとき、S子さんの胸に去来《きょらい》したものは何だったのだろう。

今また、米軍機が二機、轟音《ごうおん》を響かせて頭上を飛んでいった。

いのちと宇宙がつながる近い未来

瀬名秀明

星を仰《あお》ぎ見ながら囁《ささや》き声や音楽を聴くと、時空を超えて親しい人やもうひとりの自分とつながるような気がする。

天文家の野尻抱影《ほうえい》は戦時中にラジオで遠い戦地の兵士たちへ、彼らのいる場所から見える星空を語り聞かせた。彼らは帰国後プラネタリウムに行き、戦地で見た星空を思い出した。織田作之助の小説『わが町』にもそんな描写がある。

紅葉が始まりかけた週末の仙台で、作家の仲間たちと仙台市天文台を訪れ、一・三メートルの反射望遠鏡でアルタイルやベガを観望した。観測室の照明を消し、雲の隙間《すきま》に見える星を探す。学芸員がタッチパネルでその方角に望遠鏡を向ける。国内三位の大きさだから、その姿はまるで巨大ロボットだ。床が円を描くように赤く灯《とも》り、ホルストの「木星」が流れ出す。重々しい軀体《くたい》がその灯《あか》りの中で輪舞《りんぶ》を踊るように回転してゆく。私は見学に参加しなかった、尊敬するひとりの日本人作家のことを思い出していた。その人はこれから別の地で、大きな手術を受けるのだ。

以前に大学院生たちと、この天文台のイベントで宇宙について語り合ったことがある。「サイエンス・エンジェル」といって自分たちの研究を次代の女子高生や一般の人たちにわ

かりやすく伝える活動を続けている彼女たちは、天文台のホールで自らの研究分野と宇宙をつなげる展示に取り組んだ。宇宙空間でも死なない（?）といわれる小さなクマムシという生き物を顕微鏡で見せたり、DNAの構造を模型でつくって子どもたちに示したり。

しかし彼女たちは本当のところでは、自分たちと宇宙のつながりをうまく実感できなかったのだと思う。生物を扱っている学生がいった。実験で生物を扱うと、それぞれ個性があり反応も違う。データもばらばらで、そんなとき自分は物理学に比べて〝汚《きたな》い〟対象を研究していると感じることがあると。物理学が解き明かす宇宙の姿はエレガントで美しい。実際に生物学はやがて物理学の一部になるだろうといわれている。そんなとき、自分がやっている生物の研究が汚く小さなものに思えると。

私たちはいのちを身近にとらえる。だから生物の複雑さや個性がよく見える。物理法則が教えてくれる宇宙の姿は、今は一見エレガントかもしれない。しかしそれはまだ宇宙が遠いからだ。今後もっと宇宙について理解が進めば、宇宙の複雑さが身近になるだろう。

そのときいのちと宇宙はつながるのだと思う。近い未来、生物や医学の学生がふつうに夜空を仰ぎ、宇宙を語るようになればいい。

生命の神秘は増すばかり

最相葉月

生物学と物理学について書かれた瀬名さんの一文が、ちょうど読み返していた文章とシンクロしたので驚いた。雪博士として知られる物理学者、中谷《なかや》宇吉郎《うきちろう》の随筆集に収められた「簪《かんざし》を挿した蛇《へび》」という自伝的随筆だ。中谷は生涯の師だった寺田寅彦《とらひこ》の言葉を想起しつつ、こう書いている。

生物は細胞からなり、細胞はタンパク質からなる。それらはすべて分子からなり、分子は原子から、原子は核と電子からできている。もしそういうことがわかったとしても、生命の神秘は消え失《う》せない。寺田の言葉を借りれば、「生命の不思議を細胞から原子に移したというのみで原子の不思議は少しも変りはない」と。

書かれたのは、戦後まもない昭和二十一年冬。それから六十余年、物理学に比べて生物の研究を〝汚い〟と思った大学院生のことを知れば、寺田や中谷はほっと胸をなでおろすのではないか。生命現象を分子からとらえようとする分子生物学が隆盛《りゅうせい》をきわめてもなお生命の神秘は解き明かされない。むしろ、複雑さは増すばかりなのだから。

この随筆集を再読したのは、深澤倫子《ともこ》さんという物理学者にお会いした際に愛読書だとうかがったためだ。深澤さんの指導教官の師が中谷で、深澤さんは寺田の曾孫《ひまご》弟子にあたる。

専門は、クラスレート・ハイドレートという南極の氷床に深く眠る氷。古代の大気組成を知ることができるため「空気の化石」と呼ばれるが、空気分子が氷の中の一定の場所に留まらず、想像以上に動き回っていることを世界で初めて発見したのが深澤さんだった。

近い将来、温暖化の推移をより正確に計測したり、人工心臓のように、体の中で使う物質が不純物を取り込んだ場合にどう変化していくかを分子レベルで検証したりすることに役立つ一方、彗星《すいせい》や暗黒星雲に存在するといわれる宇宙氷の解明にもつながるという。

物理学の本質は真理の探究であって、深澤さん自身、今すぐ社会の役に立つ研究を目指しているわけではない。ただ、研究が蓄積されれば、やがてブレークスルーが訪れ、結果的に世の中のためになるのではないか——いのちと宇宙の結び目に立とうとしている深澤さんのそんな言葉を瀬名さんのところの大学院生にもぜひ伝えたいと思う。

生物学が物理学の一部になる時がきたら、生命の神秘が消えたと考えるのか。物質の神秘が増したと考えるのか。新しい科学を切り拓くのは後者のように考える人だと中谷はいった。もちろん、瀬名さんもそのひとりだ。

本統の科学というもの

瀬名秀明

移動中の新幹線で『中谷宇吉郎《なかや》随筆集』を開く。未来への周遊券を手に最相さんと旅を続けながら、こうして自分の一部が本へと還《かえ》ってゆくのが習慣になった。文章を確認して周遊船の甲板《かんぱん》に戻ると、それまでふたりで眺めていた光景がまた違った輝きで見えてくる。

最相さんの紹介する「簪《かんざし》を挿した蛇」を読む。中谷が少年時代に愛読したのは胸躍《おど》る物語の世界であり、その象徴は簪を挿す蛇の伝説だった。一方、中谷は学校で進化論や星雲説を聞いて目を丸くし、顔を輝かせた。渦巻く虚空と簪の蛇の両方が自分の科学の母体だったと中谷は語る。「本統の科学というものは、自然に対する純真な驚異の念から出発すべきものである」──本統《ほんとう》という表記がいきなり胸に刺さった気がした。

寺田寅彦と中谷が、ある科学書を引用して互いの精神を確かめ合うくだりがある。「科学者は木を見て森を見ない、哲学者は森の絵を見て満足している」。ちょうど物質と生命の間の断絶だ。

私は大学卒業後の一年間、薬用植物園の助手を務めた。いつも鼻歌を歌いながら植物の成分を抽出していた助教授が、ある日エルヴィン・シャルガフの『ヘラクレイトスの火』を貸してくれた。科学者の随筆を読み続けるきっかけとなった大切な一冊だ。

ワトソンとクリックにDNA二重らせん構造のヒントを与えながら、自分ではその発見に至らずノーベル賞を逃《のが》したシャルガフは、しかし分子生物学の発展を見つめつつ、科学者は知れば知るほど無知になり、誰もが所期の目的を忘れてしまっていると憂《うれ》えた。生命科学はただの技術競争になり、生命の本質を追わなくなったと釘を刺したのだ。

物質という言葉から生命という言葉へ、手元の紙の上で一本の線を引いてみる。今科学はその線を結ぶことができずにいる。だからこそ物質と生命の間にエネルギーという中間項を置き、そこから生命を理解しようとしたのが物理学者シュレーディンガーだった。

以来、人は時代の先端の関心を両者の中間に置くことで、生命の神秘を説明しようとしてきた。生命観をモードで塗り替えてゆく試み。ただシャルガフはいう。「真理を所有するより真理を探す方がはるかにいい。憧憬《しょうけい》は、到達よりはるかに私の生活の一部となっている」と。私は彼の偏屈な想いにも共感するのだ。探し続けなくて何が生命科学か。

渦巻く虚空と簪を挿した蛇。中谷のいう〝本統の科学〟こそが両者の間に線を引くのだろう。自然への純粋な驚異の念は誰もが持つ。ならば確かに希望はある。

暗闇に希望を見る

最相葉月

この仕事を始めたころ、ある雑誌でＤＮＡの二重らせん構造を発見したひとり、Ｊ・ワトソンの『二重らせん』を愛読書に挙げたことがある。ＤＮＡ構造の解明を目指す研究者たちの競争と嫉妬《しっと》や怨嗟《えんさ》が渦巻く学界の内情が赤裸々《せきらら》に描かれ、実におもしろい本だった。

だがまもなく、この本には公平性を欠く記述が多いと知り、自分が何を読んでいたのかと恥ずかしくなった。二重らせん発見のきっかけとなった二人の研究者への敬意がなんら示されていなかったためだ。ひとりは、ＤＮＡのＸ線回折《かいせつ》写真を撮影したロザリンド・フランクリン、もうひとりがＤＮＡに含まれる四種類の塩基《えんき》のうち、二つずつ（アデニンとチミン、グアニンとシトシン）の量が等しいことを発見したエルヴィン・シャルガフだった。

早世したフランクリンについては後年刊行された伝記で理解は深まったが、シャルガフのほうは存命中にたびたび反論していたことから、偏屈な皮肉屋というイメージしかなかった。瀬名さんが言及されなければ、「品切重版未定」の回想録『ヘラクレイトスの火』を古書店から取り寄せることもなかっただろう。

冒頭の「白き血、紅《あか》き雪」から引き込まれた。広島長崎への原爆投下を機に転換した自らの科学観の表明だった。科学は問題を解決しようとするが、そのことによってもっと大きな

問題を作り出す「自律機械」になる。そんな現実を前に、愚直なまでに科学の本質を突き詰めようとしていた。

「暗闇の光の中で」という章が目に留まった。偉大な生物学者たちは暗闇の光の中で仕事に励んできたが、科学探究の結果、我々はこの豊かな夜を奪われているとシャルガフは嘆いていた。若い聴衆を前に行った講演の一節だ。すると、ある読者がシャルガフにこう訊《たず》ねた。暗闇は照明を受けて光になるのでしょう、と。これに対するシャルガフの言葉が胸を打つ。「照明を受けた暗闇は光ではありません。我々は、自分が、無限の可能性をもった洞窟《どうくつ》にいると感じています。ところが懐中電灯一本あればあなたは、御自分が物置小屋にいるに過ぎないことを発見されるかもしれませんよ。何を自分が見付けるか判《わか》っていたら、私はそれを見付けたいと思わないでしょう。不確実さこそ、人の世の塩なのです」

本が時空を超えて人と人をつなぐ。私は再び中谷《なかや》宇吉郎の「簪《かんざし》を挿した蛇」に戻ってきた気がした。どちらも「自分を取り巻く永遠の暗闇」を知り、暗闇に希望を見ていた。私は暗闇をもっと知りたいと思った。

自然に触れる前には手を洗う

瀬名秀明

私がエルヴィン・シャルガフの自伝『ヘラクレイトスの火』で今も強烈に思い出すのは、彼が架空の対談のかたちで自らの科学観を表明するくだりだ。

「問　君は科学から何を学んだ？
答　ただ一つだけ。自然に触れる前には手を洗わなければならない、ということ。
問　ほとんどの科学者は科学に価《あたい》しないと言いたいのかな。
答　そうだよ。でも彼らは、自分たちに価するようなものに、科学を変えてしまったのさ。
問　治療法はあるかね。
答　治療法はないね。」

当時この部分から受けた衝撃をうまく表現するのは難しい。だが〝自然に触れる前には手を洗う〟という彼の言葉は私にとって規範となった。自然の驚異とその恐ろしさ、複雑さ、それらすべてへの敬意の念は科学の〝本統〟と思えたのだ。

昨日、偶然だが私たちの旅に通じるもうひとつの著書を手にした。間接的には最相さんに教えてもらった一冊といえる。なぜならそれは星新一が一九五九年に「少国民の科学」叢書《そうしょ》から出版した『生命のふしぎ』という本だからだ。ショートショート作家として知られる星の第一作であり、今は新潮社のオンデマンドブックスとして購入できる。
読んで驚いた。生命とは何か。まさに星新一の原点はこの問いから始まっていた。星は丹念に生命起源の仮説や進化の歴史を解説してゆく。そして星はその延長上に、いつか人が生命を人工的に創造するだろうかと問いかけ、品種改良の是非や人工頭脳の可能性、人体改造技術やロボットについても考察を進めてゆく。決して科学礼讃《らいさん》ではなく星の視点は冷静だ。そして生命とは何かという問いの向こうにロボットがある。生物系出身の星がロボット小説を数多く書いた理由の源《みなもと》に触れた気がした。

星は巻末に小さな物語を示し、生命の神秘への回答に代える。科学実験の事故により壊滅した地球。ひとり残された科学者は、黒い豪雨に打たれつつ地面を這《は》い進む。幻の中で彼は妻の声を聞き海に向かうのだ。しかし一度沸騰した海にもはや生命はいない。絶望した彼は海に呑《の》まれるが、そのとき悟る。自分は生命の終わりではない。腐敗し始めたこの体内には今も微生物が生きており、それらはやがて新たな生命の根をおろすだろう。彼は満足しつつ星を見上げ死んでゆく。

星新一もまた、暗闇と希望を知る人だったのだろう。中谷《なかや》宇吉郎は渦巻く虚空とともに簪《かんざし》を挿した蛇の物語を愛した。暗闇と希望をつなぐのは物語る力だろうか。

「科学が拓こうとする世界」を物語る力

最相葉月

世紀の変わり目に、生命科学は大きな変貌《へんぼう》を遂げた。日々報じられては消えていく、断片的で、ときに「不快な」情報に振り回された。避けがたい理由によって失われた胎児《たいじ》の細胞を再生能力が高いから利用しようとか、自然の摂理《せつり》によって滅びた生命を現代によみがえらせようといった発想に戸惑いを覚えた。科学的に理解しようと心がけても、最後は、好きか、嫌いか、という情緒的な反応しかできなかったこともある。

そんなとき、星新一の『生命のふしぎ』に出会った。瀬名さんが紹介されたように、科学の解説だけではなく、ところどころに小さな物語を置いて読者の想像力を刺激する手法で書かれていたことに驚いた。四十億年といわれる生命の歴史に誕生した、たったひとつのいのちの尊さ、その奇跡を知ることとの大切さ。それは何も新奇な提言ではなく、同じようなことは幼いころから何度も繰り返し、童話や小説、漫画、映画などを介して先人たちに教えられていたはずだ。それなのにこの本に震えるほど感動したのは、星が、時の経過とともに散らばって意味をなさなくなった、そのために置き場所も忘れてしまったパズルのピースを集め、壮大な生命の物語として織り上げてくれたからなのだろう。

学生時代に熱中した宇宙科学者カール・セーガンの『コスモス』に、こんな一文があっ

た。「人間の歴史は、自分がより大きな人間集団の一員であることに、ゆっくり気づいていった歴史であった」と。

愛すべき集団の輪を広げ、私たちが宇宙の一員であることに気づかせてくれたのは、科学の力だけではなく、科学が切り拓こうとする世界を物語る力だったのだろう。瀬名さんとの旅を通じて、そのことを強く実感している。

星新一は、『生命のふしぎ』とともに小説家になった。科学者としてではなく、物語をつくることで到《いた》り着きたかった場所はどこだったのだろう。星は、暗闇の中に見えないものを見ただろうか。

大阪城公園本丸跡の地下一五メートルには、タイムカプセルが眠っている。星新一とSF作家仲間たちが発案し、一九七〇年の大阪万博のときに実現したものだ。カプセルには、技術の進歩を示す医療器具や生活用品のほか、『古事記』や『源氏物語』、日本の現代小説、世界の文学作品も入っている。開封されるのは、五千年後の西暦六九七〇年。人間を、世界を、私たちがどれほど理解したいと思っていたか。未来は受けとめてくれるだろうか。

クリスマスとファラデーの奇跡

瀬名秀明

クリスマスが近づくと、日本の街もおとぎの国のように輝き始める。この時期は誰でも小さな奇跡を見たいと願う。仙台にも「メディアテーク」という近代的なホールがイルミネーションの並木通りに建っており、ガラスに光がよく映える。

脳に関するサイエンスカフェに参加したのは、ちょうど一年前のことだ。一階のオープンスペースに机と椅子を並べ、私たち東北大学の教員は学生とともに来客を受け入れる。ガラスの向こうでは刻々と夜が降り、光のページェントが灯《とも》り始める。「これから奇跡についての話をしましょう」。私は脳科学の話題の最初にそう一言添えてみた。子どものころカトリックの母に連れられてよく教会に行ったが、むろん百六十年前にマイケル・ファラデーが行った「ロウソクの科学」のクリスマス講演が念頭にあった。

ファラデーの伝記を最近読んで知ったのだが、科学講演で人気を得たのは彼が最初ではない。十九世紀初頭、ハンフリー・デーヴィという化学者がイギリス王立研究所で講演を開始し、それが大当たりを取って、会場前の道は混雑を避けるため世界初の一方通行に指定されたほどだったという。一八一二年、製本屋で働いていた本好きのファラデー青年は運よく会場にもぐり込み、たちまちデーヴィ卿の話に魅了され、克明な講義ノートを書き残す。そしてデーヴィ卿の助手として科学への一歩を踏み出してゆく。

後年ファラデーが行った講演は、どれも観客の目の前での実演を織り交ぜながらのものだったという。文字だけでは伝えられないライヴの驚きと歓《よろこ》びが、きっとそこにはあったのだろう。ファラデーは敬虔《けいけん》なキリスト教徒でもあった。彼はいつも綿密なノートを事前につくり、同じ言葉を繰り返さない、訂正のために話を戻さないなどの厳しいルールを自分に課して、聴衆を惹《ひ》きつける努力をしたという。彼の科学講演は教会で聖職者が人々に語るような輝きに満ちていたのかもしれない。ただし彼は奇跡を言葉だけでなく人々の目の前で見せた。それは自然の中にある摂理で、誰でも実験によって見いだせるものであり、それこそが何よりもこの世の奇跡なのだった。

タイムカプセルの中にすべてのものを詰め込めたらどんなにいいだろう。私たちは現実の物体や文字しか遺《のこ》せない。だから物語の役目はそれらを超えて、想いを未来へ伝えることだ。タイムカプセルのわずかな隙間《すきま》にぎっしりと詰められたのは、未来への想像力にちがいない。

五千年後まで私たちの物語の力が伝わるのだとしたら、それはクリスマスにふさわしい、小さな奇跡だと思う。

一本のロウソクから学ぶ科学

最相葉月

久しぶりにファラデーの『ロウソクの科学』を読み返していて、思い出した授業がある。高校時代、化学の教師がひとりひとりにロウソクを配り、観察記録を書くようにといった。私たちはいっせいにロウソクに火を灯《とも》し、溶けていくロウと揺れる炎に目を凝《こ》らした。しばらくして、順番に発表することになった。ロウが芯《しん》を伝う様子を観察した者、液状の熱いロウが冷えて固まるまでを記録した者もいた。私の隣の生徒の番になり、緊張が高まった。ところが、彼女の発表を聞くうちにだんだん血の気が引いていった。彼女は最後までロウソクに火をつけることなく、配られたままの状態でロウソクを観察し、なでたり割ってみたりして、疑問に思ったことだけを書き記していた。

ロウソクの原料は何か。どんな手ざわりがして、どんなにおいがするか。そもそもなぜ火がつくのかという問いもあった。ロウソクとは火を灯すものと当たり前のように思っていた私は打ちのめされた。あれから彼女が科学の道に進んだとは聞かない。でも、たしかに彼女は科学の原点を私に教えてくれた。課題を与えてくれた教師もまた。

イギリス王立研究所のクリスマス講演はどれも有名だが、今なお語り継がれるのが、『ロウソクの科学』としてまとめられたファラデーの「一本のロウソクの身の上話」だ。ロウソ

クの製法や歴史、燃焼の仕組みと呼吸の関わりに至るまで、ロウソク一本を糸口に自然を観察することの大切さを伝える名講演である。

わかりやすいだけでなく、音楽のように美しく愉快で感動的な講演だとは思っていたが、ファラデーがまるで舞台役者のように綿密なノートを準備をして臨んでいたと知り腑《ふ》に落ちた。講演ノートは彼の脚本であり、楽譜だったのだろう。

今からちょうど半世紀前の新年に指揮者レナード・バーンスタインが行った「ヤング・ピープルズ・コンサート」の映像が重なる。音楽は音の動きであること。音の動きがときに言葉より雄弁に私たちの心の動きを語ってくれること。子どもたちは音楽の不思議を伝えるバーンスタインの言葉一つひとつに目を輝かせ、オーケストラの演奏に胸を躍《おど》らせた。彼もまた、「一本のロウソクにたとえられるのにふさわしい人」だったのかもしれない。それはファラデーが未来に期待した、ロウソクのように人類に対する義務を果たし、まわりの人々の光となる人を意味する。

先人の灯した火は、私たちの足もとを照らし、導く。火が消えぬよう語り継ぐ義務が、私たちにはある。

Ⅳ 2009年冬　子どもの未来をめぐる旅

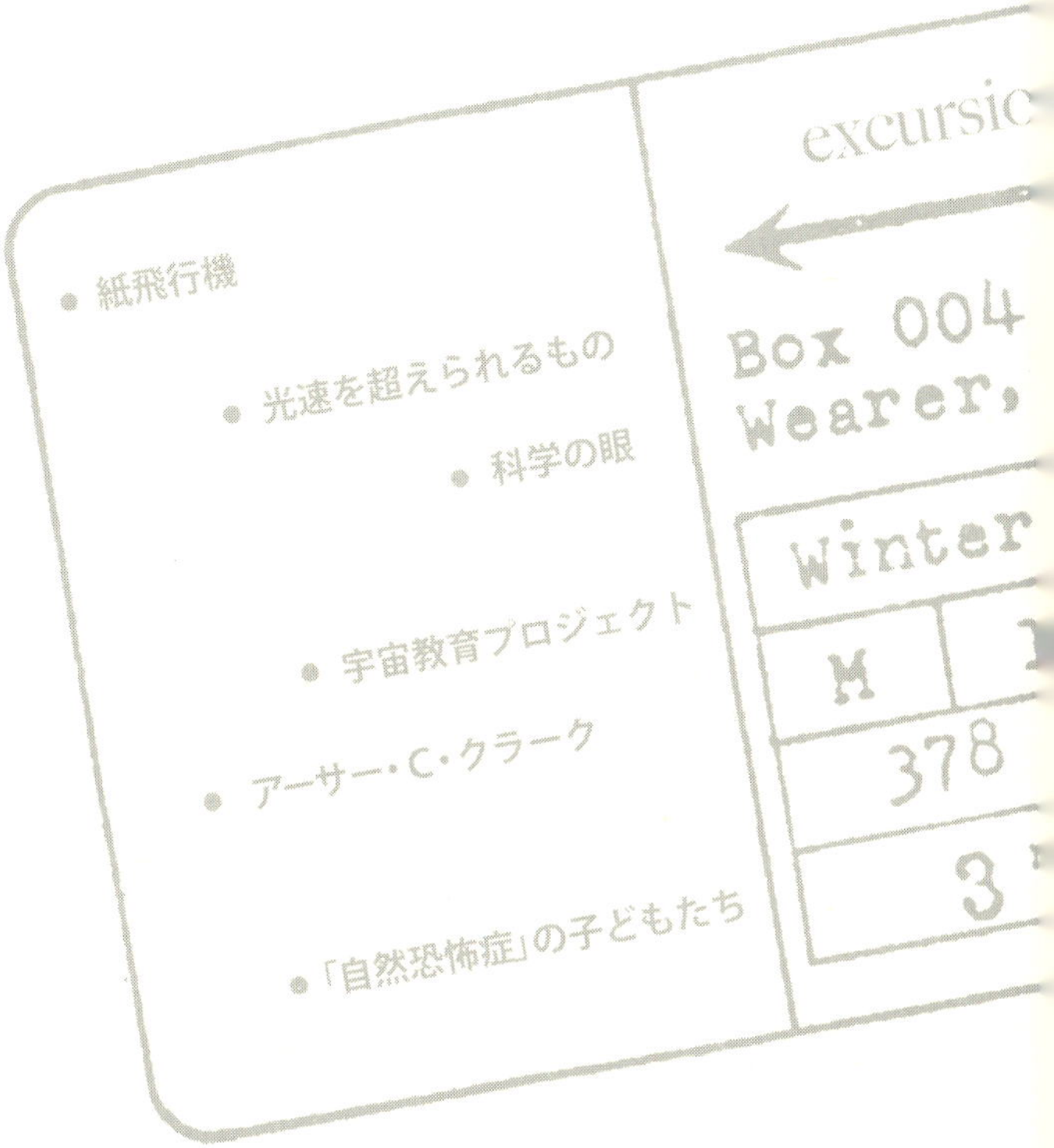

工夫することでつながる未来

瀬名秀明

卓上の新しいカレンダーが、ちょっとした楽しみになっている。日めくりのように毎日一枚ずつ取り出して折り紙飛行機がつくれるのだ。最初は簡単な折り方だが、徐々に難しくなってゆく。週末にはハサミも使う変わり種が登場し、いつもより少し時間がかかる。

折り紙飛行機は何度も躊躇《ためら》ったりせず一回でぴしりと折り上げるのがコツだ。余分な折り目が翼に残ると途端に飛ばなくなるし、左右が非対称だったり翼が下を向いたりしていてもうまくいかない。投げ方にも要領がある。ボールのように思い切り放り投げるとかえって飛ばない。ダーツのように真っ直ぐ前に送り出すのだ。すると折り紙飛行機は翼で空気をとらえ、すうっ、とまるで音が聞こえたと錯覚するほど、見えない力で持ち上がりながら飛んでゆく。

昨年、紅葉に薄く雪が積もった朝、東北大学の研究者や学生たちと青葉山《あおばやま》の細い裏道を抜けて、地元の小学校へ出前授業に行った。小学校五年生二百人に飛行機の話をするためだ。私はヘッドセットと飛行の映像を持ち込み、子どもたちとパイロットの航空無線を再現する。航空工学の教授は未来の飛行機について語る。「鳥人間コンテスト」で優勝した東北大学windnauts《ウインドノーツ》のメンバーは人力飛行機を飛ばすまでの体験談を話す。最後に子どもたち全員に紙を配り、飛行機をつくって飛ばした。

実は授業の一週間前から、いくつもコピー紙を折っては自宅で練習していた。最初はどうしてもうまくいかない。飛ばしては拾い上げ、機体の後ろから見つめて両翼のかたちを修正する。何十年も忘れていた手首のスナップも少しずつ思い出してゆく。そうやって工夫することで、機体が徐々に飛び始める。

一緒に授業をした若手の研究者は「工夫することが大切」と子どもたちにメッセージを発した。後日、子どもたちから感想文が届いた。家でいくつも飛行機をつくって遊んでいます、とたくさんの子が書いてくれた。これまで折り紙飛行機はつくっても飛ばないのでつまらなかったけれど、教えてもらってよく飛ぶようになりおもしろくなった、と書いてくれた子もいた。

社会が不安定だと未来を考える余裕を失う。今を生きることで精一杯になる。しかし工夫することで折り紙飛行機は飛ぶようになる。同じ機体でも根気よく微調整し、つくり続けることで飛ぶ。工夫することは未来をつくることなのだと思う。

カレンダーを毎日この手で折ることで工夫の楽しさを忘れずにいたい。指先は身体の中でも特に未来へつながっているようだ。こうして最相さんに言葉を綴《つづ》り、ともに未来へ旅をしている。

空飛ぶ夢は果てなく

最相葉月

　久しぶりに紙飛行機をつくってみた。折り方を忘れていたはずなのに、紙に触れた瞬間、指が勝手に動き始めた。子どものころ、誰が一番遠くまで飛ばせるか友人とよく競い合ったが、負けるもんかと工夫を重ねてつくったので、潜在的な記憶として脳に深く刻まれていたのだろう。数十年ぶりに完成した一機目はみごと、リビングを優雅に飛んでいった。

　思えば、自分の手を動かしてつくった物を空に飛ばしたのは、紙飛行機が初めてだ。その次は小学校の図工の授業でつくった凧《たこ》だろうか。でも、それきりだ。「鳥人間コンテスト」を見ていつもうらやましく思うのは、人力飛行機をつくった人と彼らの夢を背負って飛ぶ人の心と心が、今このとき、固く結び合っていることを確認できるからだろう。人はひとりでは飛べない。

　昨年、宇宙航空研究開発機構ＪＡＸＡのはやぶさプロジェクトに携わる科学者、矢野創《はじめ》さんに会った。はやぶさは、地球に接近する軌道をもつ小惑星イトカワの試料を採取して地球に持ち帰る任務を課せられた探査機だ。二〇〇五年十一月にイトカワに到着し、現在地球に戻る旅の途上にある。地球の重力圏の外にある天体に着陸し、離陸したのは、はやぶさが初めて。さまざまなトラブルが発生して満身創痍《まんしんそうい》だが、無事に帰還すれば、未来の宇宙旅行時代の第一歩を拓く快挙となる。

私たちは、ロケットが無事打ち上げられればお祭り気分に浸れるが、はやぶさは地球から随時、進路調整が行われており、操縦にあたる人々に心休まる時間はない。等身大模型を見ると、一辺たった一・五メートルの立方体だった。そんな小さな箱の行方を毎日地球から見守っているのがＪＡＸＡの科学者たちだ。子どものころから自分が欲しい物はほとんど自分でつくってきたという矢野さんは、はやぶさをまるで遠い旅に出した息子のように愛《いと》おしいと語っていた。のちの世代に誇れる仕事がしたいとも――。もちろんそんな輝かしい時間は待っていても訪れない。彼らの苦闘を垣間《かいま》見て、私の空の時間が凪で止まっているのは、考えてみれば当たり前だなと少し恥ずかしかった。

来月、若田光一さんが国際宇宙ステーションに向かう。日本人宇宙飛行士として初めて長期滞在されるそうだ。瀬名さんが以前紹介してくださった東北大のスプライト観測衛星の打ち上げもいよいよ間近に迫った。紙飛行機の夢はこの先、私たちをどこまで連れていくのだろう。強い意志と、それを支える誰かがいる限り、そこに果てはないのだろう。

光速を超えられるただひとつのもの

瀬名秀明

受験シーズンに突入し、大学でも学位論文の提出時期が迫ってきた。慌《あわ》ただしいなか刻々と時は進み、節目の日を連れてくる。東北大学のスプライト観測衛星の打ち上げだ。

昨年八月には宇宙へのメッセージを一般公募し、プロのアーティストの絵画とともに小さなシリコンプレートに凝縮させ、衛星の伸展マストの先端に載《の》せた。このマストは衛星が上がったとき、地球の反対方向へ向けて伸びる。宇宙にいちばん近い場所に言葉とアートを掲げるのだ。「もし宇宙人がやってきたら、いちばん最初に見るのはきみたちのアート作品だよ」と、入選作品の表彰式で東北大の教授は子どもたちに語りかけた。

打ち上げ当日、チームは種子島《たねがしま》と大学の二手《ふたて》に分かれる。大学に残ったメンバーは、打ち上がった衛星をアンテナで追跡し、解析準備に臨む。次回以降、その様子を最相さんにお伝えできるかもしれない。

もうひとつ私たちは特別なプロジェクトを打ち上げる。私が東北大学機械系の特任教授になって三年が過ぎた。私と大学がともに掲げたミッション（使命）は、未来を語り、百年先の機械工学を担う子らに発信することだった。その活動の集大成として、百年先を考え未来へと飛ぶシンポジウムを開催する。大学の研究者ばかりでなく、アニメや特撮に関わる作家

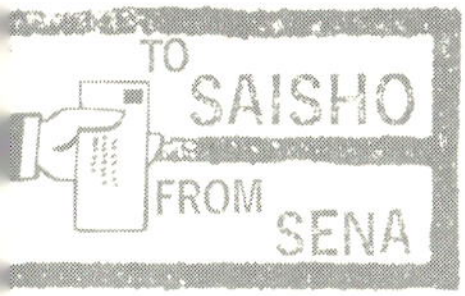

も招いて皆で未来を語る。

明るい未来なんて本当にやってくるのだろうか？　そう思わずにはいられない時代だからこそ、作家と研究者がともに未来を語る機会があっていい。「突拍子《とっぴょうし》もない話と地に足のついた話、それから〝考え方〟の話をしましょう」と私たちは今打ち合わせをしている。未来は予測できないが、どのように未来を考えるのか、その考え方のしなやかさや強さを語りたい。

ちょうど今読書中の本におもしろい記述があった。これまで多くの学者や著名人が技術の独創性を過小評価して、後に気まずい思いをしてきた。曰《いわ》く、「人は飛べない」「人は音より速く飛べない」「人類が月へ行くのは不可能」。本来、これらの予測を妨げる物理法則は何ら存在しなかった。だから彼らは人類の努力の見積もりを誤ったのだ。

しかし「我々は光の速度を追い越すことはできない」という予測はどうだろう？　先の発言とは本質的に異なる。基本的な物理の原理だ。よって百年先でも人類は冥王星《めいおうせい》に行くことはなく、代わりに探査ロボットを送っているだろう。未来への考え方の基盤である。

ただしひとつだけ光速を超えられるものがある。それは物語だ、とSFは語ってきた。科学と物語の関係そのものである。

生命の未来に迫る滅亡の危険

最相葉月

能登《のと》半島の突端《とったん》のとある町に出かけた。連日予報を裏切る快晴で、夜はふるえるほど美しい満天の星空だった。ときにはこうして星の存在を自分の目で確かめないと、地球が宇宙の小さな点にすぎないことを忘れ、いまだに天動説を信じているかのような世の中の動きに鈍感になってしまう。

つい最近も気になる報道があった。体細胞クローン技術で誕生した牛や豚の食用としての安全性が確かめられたという。安全だからよかったという気にはどうしてもなれない。奇跡的な確率でかろうじてこの世に生まれたクローン動物を非難するつもりはない。ただ、食用として安全と認められた動物が、生命体として問題がないかというとそうではないと思う。現在の食品安全基準に照らして危険が認められなかったというだけ。死産や生後まもなく死亡する確率が三割と高いのは、体に大きな負担がかかっている証拠だろう。

数十億年という生命の歴史で生物が自然に選び取った〝受精〟という、両親の遺伝子をシャッフルするシステムの意味を考えるとき、親より強い遺伝子を残す可能性が絶たれた生命の未来にあるのは滅亡しかない。どうせ食べるのだからいいじゃない。そういって、人間はあらかじめ滅びゆくことが決定づけられた生命をせっせとつくり、せっせと食べ続ける。体細胞クローン動物の肉が市場に流通する日、それは現代人が近い将来、子孫にその瞬間が訪れることを許した日だ。

瀬名さんの手紙の最後にあった、「ただひとつだけ光速を超えられるものがある」という一節を読んで思い出した親子の会話がある。その息子は科学雑誌が大好きで、ある日、身につけたばかりの天文学の知識を父親に披露しようと得意気《とくいげ》に解説した。今見えている星は現在そこにはなく、距離によっては十年前、百年前の姿なんだよと。すると、それを聞いた父親はやさしくこう返した。「なるほど、見る場合はそうかもしれないな。しかし、考える場合はどうだ。今地球のことを考えている。つぎに遠い星のことを考える。これにはなんら時間を要しない。人間の思考は光より速いということになるぞ」

息子は一瞬きょとんとしたが、その後もずっと父親のこの言葉を忘れることはなかった。やがて彼は作家となり、物語をたくさん書いた。光よりも速く、読者を新たな思考に運んでくれる。それが魅力だった。その作家、星新一の描く未来では、動物は、とうの昔に人間によって一掃《いっそう》されていた。

「科学の眼」を打ち上げる

瀬名秀明

一月二十三日午後○時五十四分、H‐ⅡAロケット打ち上げの映像を仙台市天文台で見守った。特設ステージに座ったのは私と土佐誠天文台長、そしてスプライト観測衛星の開発責任者である高橋幸弘《ゆきひろ》准教授だ。

私たちは解説をしながら打ち上げを待った。最後に学生プロジェクトマネージャーの氏家《うじいえ》恵理子さんがマイクを握った。彼女は修士課程修了の後、企業就職を遅らせてまで観測衛星の開発に取り組んできた。「ずっと一所懸命やって、みんなで喧嘩《けんか》もしたけれど、あと数分で私たちの衛星がもう地球上にいなくなって、宇宙に行くんだと思うと胸がいっぱいです」という彼女の言葉でフロアの気持ちが引き締まった。

一度だけ種子島で見学したことがある。展望所のデッキで数キロ先の射場を見つめていると、打ち上げの瞬間はまず周囲のカメラの激しいシャッター音から始まる。煙が湧き起こり、ロケットがゆっくり持ち上がってゆく。ばりばりと雷のような轟音《ごうおん》が耳に届き、ロケットが完全に雲に入ると、音は頭上を抜けて空全体に広がってゆく。身体が震えてしばらく言葉が出なくなる。今回現地で見学した人によるとあまり音は響かなかったそうだが、それでも壁に映し出された中継の様子を見ていた高橋准教授は全身が強張《こわば》り、直後の質問に応じき

れずにいた。

リフトオフから約十六分後に主体の衛星である「いぶき」（GOSAT）が分離、映像の中で宇宙航空研究開発機構（JAXA）の人々がようやくほっとした表情を見せる。私たちはそこから東北大学理学部へ向かった。東北大が産学連携で開発した相乗り衛星のスプライト観測衛星は、オーストラリアを過ぎた上空で二十八分後に分離し、地球を一周して午後二時半に日本上空へ戻ってくる。そこで衛星との初通信を試みるのだ。

理学部の運用室に人が集まってくる。衛星が可視時間に入る直前、緊張する坂本助教が口に飴《あめ》を放り込んだ。彼はぎりぎりまで衛星の軌道データをシステムに移し替えていたのだ。

スペクトルアナライザの波形が膨らみ始める。モニタ上で三つの丸印が緑色へと変わった。いくつもの数値が表示される。衛星の状態は健康そのものだ。通信できる時間はわずか十分。コマンドを打つと即座に衛星から応答があった。ぎゅうぎゅう詰めの運用室で歓声が沸いた。学生と小企業の技術者らが約一・五億円でつくり上げた衛星だ。これで東北大は雷雲《かみなりぐも》上空の発光現象を、誰も見たことのない真上から狙い、世界に先駆《さきが》けたトップサイエンスを目指す。

夢とともに、地球環境を見つめる確かな科学の眼を打ち上げたのだ。午後三時過ぎ、記者発表の場でようやく高橋准教授は充実した科学者の顔を見せた。

子どもはいつも最先端のその先をいく

最相葉月

H-IIAロケットの打ち上げは、JAXA（宇宙航空研究開発機構）放送で見守っていた。カウントダウンのときにこれほど緊張したのは、日本人初の宇宙飛行士・秋山豊寛《とよひろ》さんが搭《とう》乗《じょう》した旧ソ連ソユーズ号以来かもしれない。それほど最近は宇宙に関する報道に慣れてしまっていたようだ。

この手紙が瀬名さんに届くころには、若田光一さんも国際宇宙ステーションに旅立っているだろうか。実は、若田さんが長期滞在を終えて五月に帰還するのを心待ちにしている中高生が全国にいる。彼らは若田さんが持ち帰る植物の種を受け取り、それぞれの学校で実験を行うことになっているのだ。種は昨年十一月にすでにケネディ宇宙センターから打ち上げられていて、若田さんと地球に戻る。

半年間も宇宙に置かれていれば、宇宙空間を飛び交う放射線や無重力の影響を受けている可能性がある。普通の種と比べて成長にどんな違いが見られるのか。そもそも発芽するのか。中高生は特別の訓練を受けた理系大学生や大学院生の協力を得ながら研究を行う。

この「宇宙教育プロジェクト」を主催するのは、リバネスという社員三十数名のベンチャー企業だ。八年前、東京大学大学院で農学を専攻していた丸幸弘《まるゆきひろ》さんが「科学のおもしろさ

を伝えたい」という思いから、理系仲間と設立した会社である。学校を訪問して出前実験を行ったり、理系学生の就職支援を行ったりと、理科教育に特化したビジネスを展開している。ある女子高では六パーセントだった理系進学率が二〇パーセントに増え、今では理系進学校といわれるまでになったそうだ。

先日、約一年ぶりに丸さんとお会いしたのだが、この宇宙教育プロジェクトは私の知る限り一年足らずで準備されており、その機敏な行動力に驚いた。「時価総額世界一ではなく、世界一愛される企業になりたい」と語り、世は理科離れを憂えているけれど、あっという間に挽回《ばんかい》してやるという心意気を全身にみなぎらせていた。

彼らが選んだ種とは、シロイヌナズナとミヤコグサ。遺伝子配列がすべて解読されて実験データも豊富なため、教育プログラムとして構成しやすいからだ。マメ科のミヤコグサは火星に最初に咲かせる花といわれ、宇宙の食料資源として期待されている。放射線で遺伝子が損傷を受けている可能性はあるが、そうだとしても中高生の宇宙と生命への興味は尽きないことだろう。

子どもはいつも時代の最先端のその先を行く。大人にできることは、その道筋を用意しておくことだ。

宇宙の視点で地球をとらえる

瀬名秀明

告白すると、子どものころは宇宙開発の科学技術にあまり関心が持てなかった。一九七〇年代はアポロ計画も一段落し環境問題に注目が集まった時期だ。「宇宙は最後のフロンティア」とSFドラマで唱える夢や希望はどこか非現実的に思えたのだ。

東北大学機械系の特任教授になり、航空宇宙工学の研究室に足を踏み入れ、実際に探査機や人工衛星を目の当《ま》たりにしてその偏見が消えた。ごつごつした機械の重みと体積を実感して、急に宇宙の物理的なリアリティが身に迫ってきたのである。月や火星に遠隔操作の探査機を送り込んだとして、もし砂地に足を取られ車輪が空回《からまわ》りしたら、もはや救出しようがない。だから研究者らは砂地の崩れ具合を予測しながら車輪を巧みに制御する技術を開発する。しかし地球上の砂丘ではうまく動けても、大気も薄く重力も小さい環境を実験室で再現するのは困難だ。研究者は少しでも現地の環境に近づけようと知恵を絞る。

電波は地球の裏側まで届かない。ならば宇宙に衛星を打ち上げ、それに中継してもらえば世界中で同じテレビ番組が観られる――今となっては当たり前となった通信衛星のアイデアを、一九四五年に初めて発表したのは若干二十七歳のアーサー・C・クラーク青年だった。後に彼は著名なSF作家となる。彼は「宇宙を征服する」という信念の時代に思春期を送り、その信念はおそらく生涯ずっと変わらなかっただろうが、一方では科学技術の知力とSFの想像力で未来をつくり、人間社会を変えた。

クラークは宇宙空間の感覚を知るためダイビングにのめり込み、宝石のように美しいエッセイを残した。海を描くとき彼の文章からは征服という人間的な欲望は消えた。息ができず水がうねるその環境に自分の身が置かれていることをはっきり知覚していたからだろう。宇宙は私たちから遠い。しかしそこには物理法則があり、物質がある。

東北大のスプライト観測衛星「雷神《らいじん》」は地球を回る。地球の影に隠れる時間帯は通信できない。雷神は雷雲の真上から発光現象を追う。宇宙に衛星を打ち上げるということは、人間のつくり上げたごつごつの物体が地上から離昇することと同時に、宇宙の視点で私たちがこの地球をとらえ、またこの地上とは別の物理環境を私たちが自覚することなのだ。そのリアルこそが次世代に夢を伝えてゆく。

以前、東京大学科学技術インタープリター養成プログラムで教えていたとき、学生のひとりは最相さんが紹介していたリバネスのメンバーだった。言葉で伝えた私の講義に、若田さんと地上へ帰る予定のタネと同じくらいの物理のリアルがあったことを今は願う。

「プログラム〝創世記〟を取消し」

最相葉月

この一年、毎月ひとりずつ科学者のインタビューを行っていた。感銘を受けた伝記や評伝を手がかりに、なぜ科学の道に進んだのか、研究の歩みを語ってもらった。ジャンルを決めていたわけではないが、偶然、学生時代に物理を専攻していた人が重なった。生命科学、気象学、地震学、情報学、宇宙科学などあらゆる分野の土台に物理はあった。

なぜ物理に興味をもったのですか。そう訊《たず》ねると、ある人からこんな答えが返ってきた。「現象を説明できることの魅力に引かれたから」。私は感動を覚えた。自然をそんな視点から見つめることができる十代の子どもたちが少なからずいるということに。探査機に接して物理のリアルを感じた瀬名さんのように、彼らもきっと、日常の中で確かな手触《てざわ》りをつかんだ瞬間があったのだろう。

以前、ある分子生物学者に勧められて、アインシュタインとインフェルトの共著『物理学はいかに創られたか』を読んだ。その人が、物理を通して生命の謎を解き明かしたいと思うきっかけとなった本だった。専門知識をもたない読者に、数式を一切使わず古典力学から相対性理論や量子論までを説く。アインシュタインのもとで学びアララギ派の歌人でもあった石原純の翻訳は平明で、内容は高度だが、物理に初めて目を開かれた。

冒頭、科学者を宇宙という謎物語の探偵になぞらえ、その物語を読む喜びと刺激が科学の営みを支えてきたとあった。物理は、もののことわり。宇宙の普遍的な理にいたりつくことを目指す。高校時代、教科書で教わるてこの原理やエネルギー運動を示す数式が宇宙や生命現象にまでつながっているとは、想像もできなかった。宇宙も生命も、同じくらい遠かった。だがこのたとえ話によって、その距離はぐっと近づいた。

ただ、著者らは少しとまどっているようだった。種明かしのある探偵物語とは違い、自然という書物は、人が読み進めれば進めるほど解決から遠ざかっていくようにみえるからだ。とはいえ、人は思想の始まりと同時に自然の書物を読み始めずにはいられなかった。その歩みはのちにニュートンによって「慣性の法則」と名づけられるガリレオ・ガリレイの発見で一気に加速した。物理学の始まりだった。

先日、地動説をめぐる裁判の誤りを認めたローマ法王庁がガリレイを称《たた》えるミサを行い、実質的な名誉回復を行ったと報じられた。思わず、アーサー・C・クラークの回想記『楽園の日々』の一節が脳裏《のうり》をよぎった。「プログラム〝創世記〟を取消し」

「自然という書物」を読む

瀬名秀明

最相さんが紹介してくださった『楽園の日々』は、アーサー・C・クラークが十三歳のときに空想科学雑誌「アスタウンディング」と出会い、科学とSFにのめり込んでゆく幸福の日々を綴《つづ》った回想録だ。百年前の人なら現代の小説を読んで、そこに書かれた科学技術に目を丸くするだろう。ならば驚くような未来の姿を小説で見せてあげよう。そんな意図で発刊された雑誌はクラーク少年を虜《とりこ》にした。

小学生だったころ、私の愛読書といえばマンガや学習雑誌、それに子ども向けのミステリーや偉人伝だった。中学一年のとき家庭の都合で一年間米国に暮らし、ベンジャミン・フランクリンやエドガー・アラン・ポオの家を見て興奮した。初めて本格的なミュージアム展示にも触れた。物理に興味を持つ人は現象を説明する魅力を発見し、人間を超えた摂理に惹《ひ》かれるという。私の場合はその摂理を説明する人間の知能にも同時に惹かれていたのかもしれない。なにしろ人は星空をドームに再現し、見事な遠近法で動物の剝製《はくせい》をジオラマに仕立て、割れたガラス板を芸術作品といいはるのだ。

一年後帰国して私は中学の化学部に入った。SFを読み漁《あさ》ったが、なぜか科学読み物を手に取る機会は少なくなった。実験の指南書は読んでも、伝記や評伝は読まなくなった。たぶん当時の自分に合った評伝が見つからなかったからだろう。

ここ数年、中学生向けの新聞媒体で科学本の書評を担当している。実はこれが難しい。書店に行けば科学書コーナーがある。小学生向けの科学本や図鑑もある。高校生なら新書が読めるだろう。だが不思議と中学生向けの科学書が少ない。だから中学生はSFを読むのかもしれない。

二十代以降、評伝の読み方が変わった。子どものころ読んだ伝記はひとりの偉人が一冊の主役だった。しかし世界の摂理に迫る探偵はひとりではない。サイモン・シンの『宇宙創成』は天動説が常識だった時代から、いかに人々の意識が変化していったかを追う。著者は誤った理論を唱えた科学者を非難しないが、アインシュタインさえ英雄として描かなかった。ジェイムズ・グリックの『ニュートンの海』はニュートンがピューリタン革命の勃発《ぼっぱつ》年に生まれた事実から書き起こす。彼はピューリタンとカトリックの闘争の中で科学の方法論を打ち立て、世界を変えていった。探偵たちはみなつながっているのだった。

「自然という書物」は読み進めるほど解決から遠ざかってゆくという言葉に深く頷《うなず》く。科学の小説を書くときにも同じ課題に直面する。だから人はさらに自然という書物を手に取り、自然についての書物も読み、次の小説を書くのだ。歴史はつながる。

幼い子どもに勇気与える物語を

最相葉月

書棚の整理をしていたら懐かしい本が出てきた。『三びきのこぶた』や『指輪物語』など海外児童文学の翻訳で知られる、瀬田貞二《ていじ》の『幼い子の文学』だ。瀬田が晩年、児童図書館員を前に行った連続講話をまとめたもので、なぞなぞや童唄《わらべうた》、絵本などを深く味わうための手引きといっていいかもしれない。昔、子どもをテーマにした学術雑誌を編集していたころに読み、ピーターラビットをめぐる記述が強く印象に残っていた。

よく知られることだが、児童文学は、子どもの発達への理解が進むにつれて目線が下がっていった。スティーヴンソンの『宝島』のように、小学校高学年ぐらいで読める小説から始まり、二十世紀初頭までに小学校中学年までの文学はだいたい出そろった。より年齢の低い読者への突破口を開いたのが、ビアトリクス・ポターの『ピーターラビットのおはなし』で、そこから一気に幼い子どもへ向けた物語が開拓されていく。

興味深いのが、ポターの横顔だ。長く結婚もせず、科学者のように小動物や植物を観察する日々を送り、女性ゆえに採用されなかったものの、王立キュー植物園の研究員に推《お》されたこともあった。瀬田によれば、やさしい科学エッセイを書くように、観察したことを小さなおはなしにまとめていくようなポターの表現方法は、幼い子どもを虜《とりこ》にする児童書の特徴を

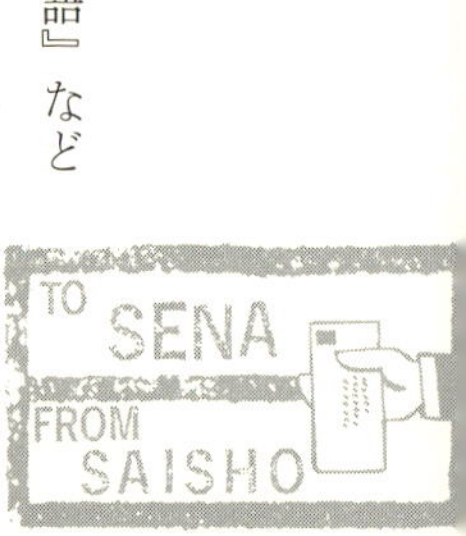

備えているという。それは、情緒的な表現や文学的な修辞がなく、主人公の行動を中心にたんたんと物語を重ねていること。いろんなところへ「行って帰る」行動を繰り返している幼い子どもたちの脳の発達や感情の働きに、マグレガーさんの畑で逃げ回って、やっとのことで家に帰りつくピーターの冒険物語がとてもフィットしているのだという。

ピーターラビットが誕生した一九〇二年、メンデルの法則の再発見によって遺伝への関心が高まっており、生命に対する考え方が大きく転換した。アインシュタインの特殊相対性理論まで、あと三年だ。探偵たちはみなつながっている。そして物語は、たったひとりの幼い子どもがこれから「自然という書物」を読み進む探偵となるための勇気を与えてくれるのかもしれない。

アメリカでは最近、熱帯雨林の危機などを題材にした児童書が出版され、家の外にいるだけで怖くなる「自然恐怖症《エコフォビア》」の子どもが増えていると聞く。未来の見えない先細りの物語は、幼い子どもたちには過酷《かこく》だ。自然と手を結ぶ前に、恐れることを学んでしまう子どもたちに、大人は急いで追いつかねばならない。

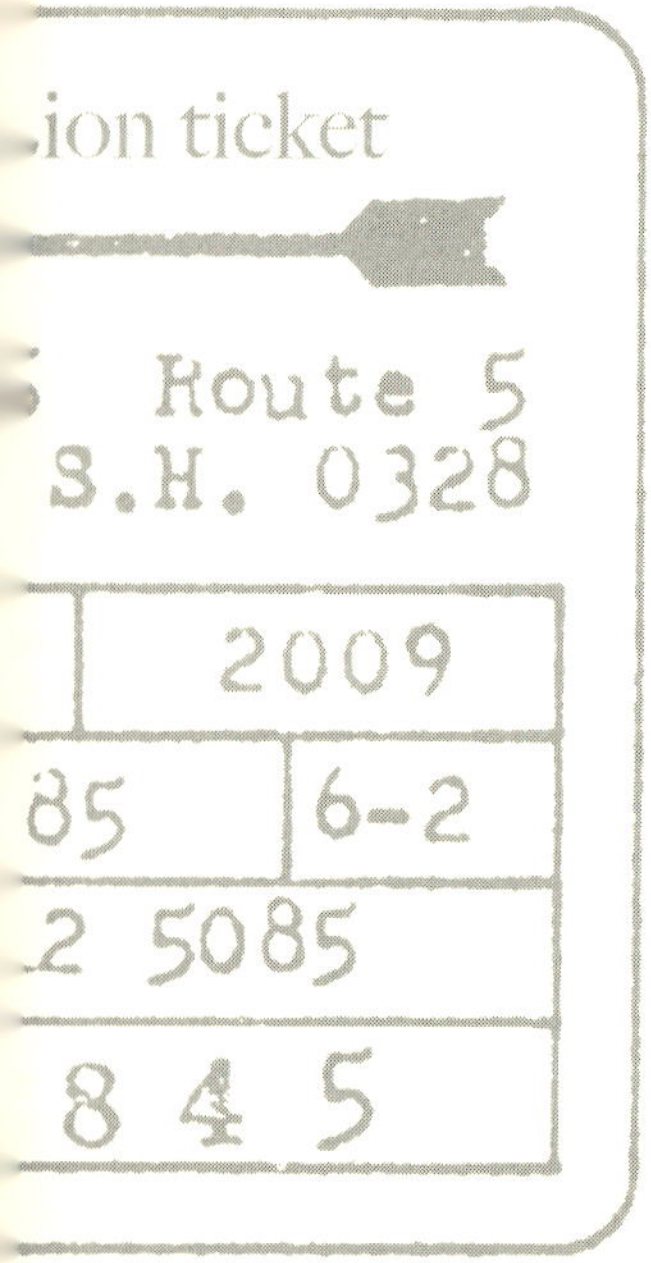

ion ticket
Route 5
S.H. 0328
2009
85
6-2
2 5085
8 4 5

V　2009年春　宇宙と伝統をめぐる旅

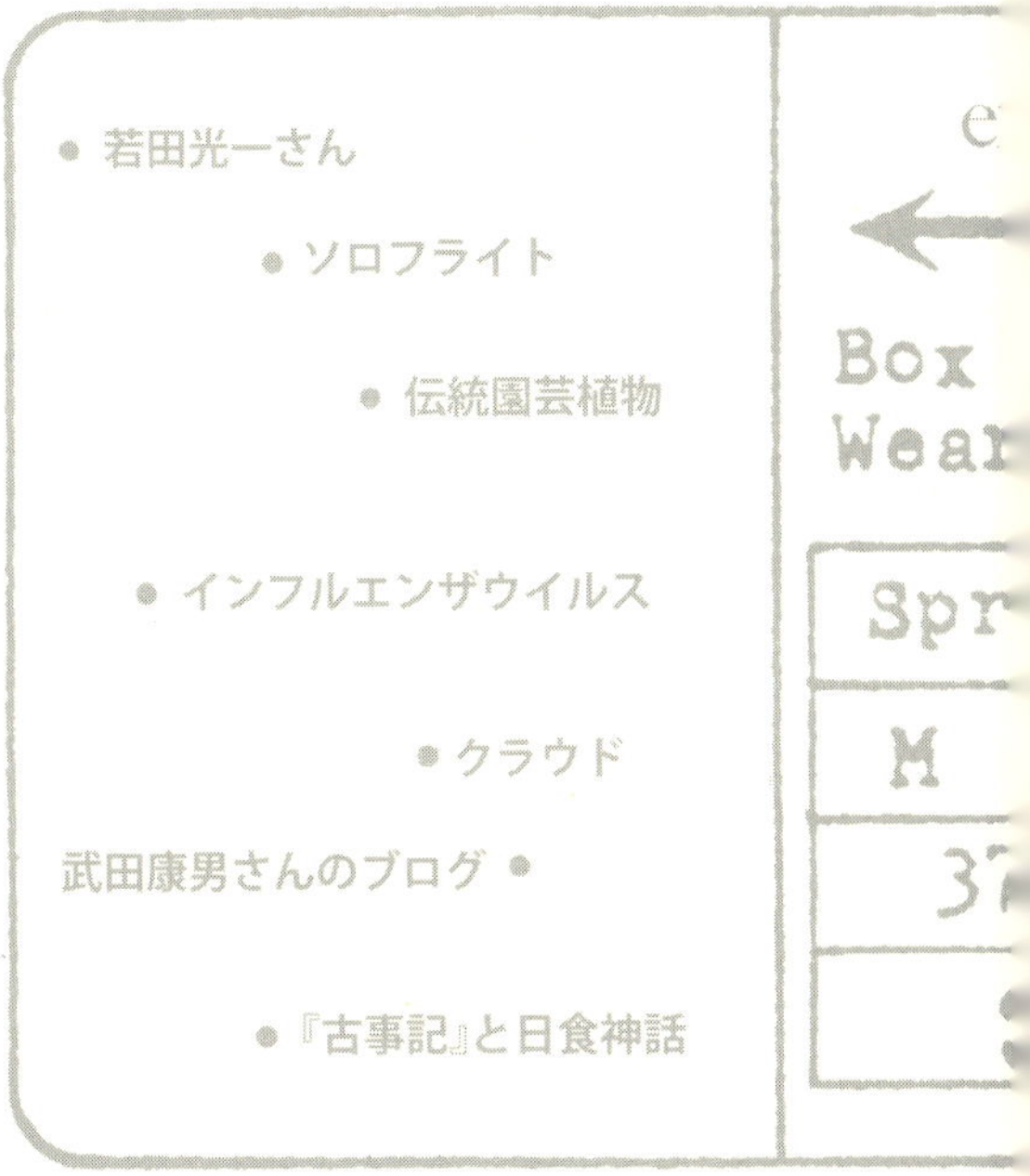

つながった「わずか数分の未来」

瀬名秀明

最相さんが日本SF大賞授賞式でプレゼンターのお務めを果たされているころ、私はまた沖縄で小型飛行機の操縦席に乗っていた。毎朝六時半に起きてまず行うことは、ホテルの窓から那覇空港上空を見上げることだ。そして気象庁のウェブサイトで天気図や気象レーダー情報を見る。

雲の切れ目が近づいてくるから晴れるというわけではない、と同乗してくださったベテランパイロットからアドバイスをいただいた。雲ではなくその状態の大気が移動しているのだから、その中で雲は消えたり現れたりするのですよと。沖縄に持っていった航空気象の指南書には、高層天気図も併せて見なければ全体の状況はわからない、ふだん私たちが見ている天気図は地表の様子を示しているにすぎないが、大気は上まで広がっているのだと念入りに忠告していた。

臨機応変に、とは那覇でずっと飛んでいるもうひとりのベテラン、坂本捷《しょう》亀《き》さんの口癖だ。何時きっかりに飛びましょう、とはならない。雲や風向き、視程などを勘案し、空にあわせて人が動く。パイロット免許を取得したとはいえ、まだ百二十時間しか飛んでいない私は、先輩パイロットの方々に支えられてともに飛ぶ。未来への眼差しが自分の中で少しずつ変わってゆくのを実感する一週間だった。

何回か飛ぶと時間の感覚がリフレッシュされる。与那原《よなばる》を抜けて沖縄本島の東海岸を進み、与論島まで向かい風で五十六分。坂本さんお手製の地図を膝に置き、操縦席から見える岬のかたちと照らし合わせながら、与論島まで一〇マイルの位置を知る。慶良間《けらま》から久米島《くめじま》へ飛ぶときは、空に書かれていない制限域の境界を二七三度という方角と海面に突き出た岩で確認する。那覇空港に戻るときは前島《まえじま》という小さな島の向こうで管制塔に自分の位置を伝える。旅客機や自衛隊機がひしめくなか、次にどの機体が離着陸するかを予想しつつ管制塔と無線でコミュニケートしながら進む。わずか数分の未来が濃密に感じられる。刻々と変化する空の未来に、動き続けるそれぞれの飛行機の未来。さまざまな未来がつながり合う。

観察したことをおはなしのようにまとめる表現方法は児童の感覚にフィットするという最相さんのご紹介が、すっと心に入ってきた。比喩《ひゆ》などの修辞は動き続けるこの空と、安全を管制する航空システムにそぐわないのかもしれない。修辞は人間が人間社会の中で生きなければならないときに必要なのだろう。

サン＝テグジュペリの『星の王子さま』をまた読み返したいと思う。飛行時間とともに自分の読み方も変わってゆくのかもしれない。その変わり方をいつか未来の子どもたちと語り合いたい。

飛ぶ怖さと克服する勇気

最相葉月

中学生のころ、鳥のように空を飛びたいと夢見て、飛行士になった女性を描いたテレビドラマを見た。田向正健《たむかいせいけん》脚本の「雲のじゅうたん」だ。家族の反対や恋人の墜落死を乗り越えて飛行士になる主人公を浅茅陽子《あさぢようこ》が演じていた。日本初の女性飛行士・兵頭精《ただし》ら、大正昭和初期の複数の女性飛行士をモデルにしたという。夢を実現することの尊さは、悲しみとともにあることを子どもながらに感じた。

瀬名さんの飛行は、ライト兄弟、サン＝テグジュペリ、そして、兵頭精ともつながっている。なんてすばらしいことだろう。「空にあわせて人が動く」という言葉は、実際に空を飛び、空に抱かれなければ生まれない。言葉にしてくださったことで、飛行士の視点に少しだけ近づいた気がする。

たくさんうかがいたいことがあるけれど、ここでは二つだけ。空を飛ぶとき、怖くはないですか。旅客機が離着陸する数分間、私はそれを強く意識する。自分で操縦するとなると様子はまるで違うだろう。瀬名さんのいう「わずか数分の未来」に、私は、個の死を超えた永遠を見たのだけれど、今このときの恐怖を乗り越えるほどの勇気は、いったいどこからくるのでしょうか。

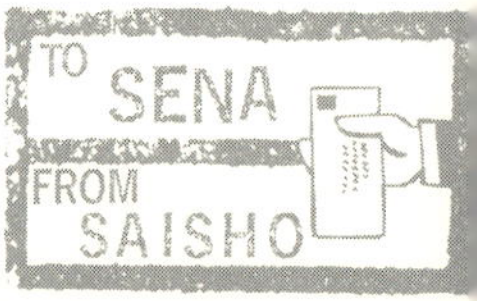

一九三〇年ごろ、南米の郵便航路開拓に挑《いど》んだ男たちを描いた瀬名さんの短編小説「鶫《つぐみ》と鶸《ひばり》」を読んだ。胸を打たれ、そして、厳粛な気持ちになった。飛行士を養成し、飛び立っていく彼らを地上で支える開発部長ディディエ・ドーラがつぶやく言葉がある。「飛行士たちよ、どんな天候であろうと飛ばねばならない。勝たねばならない。いかなるときでも完全な機体はありえぬ。世界の只中で、われわれはつねに不十分な機体で現在を確保し、未来を準備せねばならない」

ドーラが送り出した飛行士には、サン＝テグジュペリやジャン・メルモーズがいた。『夜間飛行』の登場人物のモデルになった実在の人々だ。栄光を受け取らないまま空に消え、英雄として語り継がれる彼らに代わり、「勝利」を負ったドーラのその先を瀬名さんは暗示する。ドーラは私であり、未来のあなただと。

飛行士は何を見て、何を感じているのか。どんな優れた中継映像からも得られない手触りを求めて、人は物語をつくり、語り継ぐのかもしれない。

宇宙飛行士の若田光一さんが、日本人初の宇宙長期滞在の第一歩を刻んだ。ライト兄弟の初飛行から百六年。科学的に不可能、という壁を乗り越え、人はまた新たな世界に漕《こ》ぎ出していく。新しい人となる。

死ぬ思いをしたソロフライト

瀬名秀明

若田光一さんの新刊『国際宇宙ステーションとはなにか』を読みながら、連日の報道に接している。若田さんが国際宇宙ステーションでの長期滞在を開始した二日後、今後の宇宙科学を論ずる会合に出席する機会があった。宇宙基本法のもと、今宇宙航空研究開発機構（JAXA）自身の将来も揺れている。しかし理学と工学の連携で宇宙科学を進めてきた日本は、これからも総合科学として宇宙を見据えてゆく必要があるのだろう。

以前にお伝えした東北大学のスプライト観測衛星は、マストを伸展させた後、通信に障害が生じている。今スタッフは打てる手をすべて打って努力を続けている。実際に衛星の重量を眼前で感じ、また自分でも飛行機で空を飛ぶようになった今は、これらの事態に対する考え方も大きく変わった。JAXAの小惑星探査機「はやぶさ」も関係者の粘りによって今地球へ帰還しつつある。この地球には〝勝利を負う〟大勢のディディエ・ドーラが実在するのだ。今までも、またこれからも。報道で若田さんの活躍を見るたび、その背後に広がる科学技術の思いを感じるこのごろだ。

最相さんのご質問に関連して。実は一度死ぬ思いをしたことがある。アメリカで久しぶりにソロフライトをしたとき、最終の着陸態勢に入った直後、どうやって降りればいいのか突然わからなくなってしまった。滑走路上で失速し、車輪が強く叩きつけられた。もう一度バウンドしたら機体が反転して死ぬと思った瞬間、スロットルを全開にしてゴーアラウンド(復航)し、ようやく落ち着いて着陸できた。

沖縄で飛んだとき、あるパイロットに助言された。決して直感で操縦してはいけない。飛行機は物理学によって飛ぶ。すべての操作には根拠がある。それを熟知した上で飛べば、離着陸にしてもただ上昇し、ただ接地すればいいとはならない。以来、飛ぶ度にその言葉を思い出す。離陸の直後、ほんの一瞬機首を溜《た》めることで、機体はぐうんと速度を得て逞《たくま》しく上昇する。着陸の際はつねに速度計と進入の角度、機体の姿勢に気を配る。着陸許可が下りたときから接地の瞬間に向けて物理学と安全システムの中へ入り込んでゆく。未来への信頼の力、だろうか。

最近は一般の旅客機に乗ると、ふしぎな感覚に囚《とら》われる。離着陸の前後も乗客は地上の感覚の延長でくつろいでいる。着陸すればベルトサインが消える前から立ち上がって荷物を取り出す。空が生活の一部になったということだ。しかし空とともに飛ぶのには、小さなセスナ一七二も捨てたものではないと思うようになった。実際に飛び、語り継げば、勇気は日常のそばにある。

熱き恋心が未来へのエネルギー

最相葉月

取材で知り合った脳の研究者に教えられた。科学研究とは実験結果を意味するのではない。その結果によって、たとえばそれが生命科学の研究なら、生命科学にどんな世界観を与えることができたかが重要だと。

私は日々、この言葉を胸に取材をしている。研究の筋道だけではなく、それによってもたらされる世界が見えなければ、論文を何度読んでも、研究者にどれだけ話を聞いても理解できない。理解できなければ、人に伝えることもできない。道に迷ったときに私が科学者の伝記や評伝を読むのは、発見に至るまでの思考の軌跡や発見によってもたらされた世界観の変容を知る手がかりがあるからだ。世界観は、物語といいかえてもいいかもしれない。

東北大のスプライト観測衛星も、宇宙航空研究開発機構（ＪＡＸＡ）の小惑星探査機「はやぶさ」も、携わった研究者たちはみなすでに大きな果実を手にしていることだろう。微力ながら私もまた、彼らの働きによって変容する世界観を見つめ、物語を伝える一員になりたいと思っている。

前の手紙では愚問を発したのではないかとおそれていたが、丁寧に回答してくださったことを深く感謝します。読みながら、恐怖で心拍数《しんぱくすう》が上がってしまった。何はともあれ、瀬名

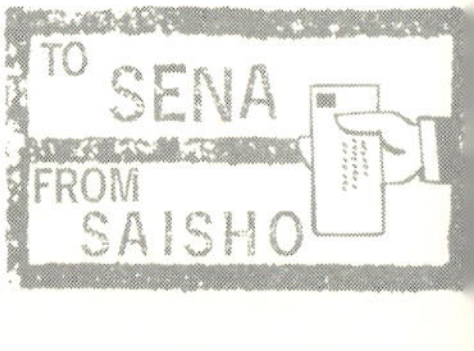

さんが無事生還されたことに心から安堵《あんど》している。と思っていたら、訓練のために再び渡米されているとか。どうか実り多きフライトとなりますように。

瀬名さんの飛行への情熱を知って思い出すのは、スペース・シャトルに三度搭乗したNASAの元宇宙飛行士R・マイク・ミュレインだ。彼は、宇宙飛行士選抜委員会の面接に臨むときに提出した「なぜ私は宇宙飛行士になりたいのか」という論文の一行目にこう書いたそうだ。「私の人生の初恋は飛ぶことだった。そして私は可能なかぎりの近道を通り、最大限の手段を利用して、その恋を成就させた」(『宇宙飛行士が答えた500の質問』)

空を飛び、宇宙に漕ぎ出す人間の意志を支えるのは、熱き恋心のようなものなのだろうか。だとすれば、恋はなんて無謀な未来へのエネルギーだろう。

同じ本によれば、若田光一さんは五歳のときにアポロ11号の月着陸を見て、宇宙にはアメリカ人とソ連人しか行けないと思っていたという。国際宇宙ステーションは、世界十五カ国が参加するプロジェクト。それが今、物理学の法則によって一周九十分のスピードで地球をめぐり続けている。

新しい世界観が築かれつつある。人々の英知と信頼と勇気、そして熱き恋心によって、未来が結ばれる。

空と自分との関係が拡がってゆく

瀬名秀明

サンノゼ郊外のリードヒルビュー空港に来ている。ちょうど今朝、バスに揺られて寮から空港に行く途中、力強く上昇する単発飛行機が家並みの向こうに見えて、胸に迫るものがあった。真っ青な空に進んでゆくその姿がアメリカで飛ぶことの自由と重なって見えたのだ。カメラを手にしようとしたが間に合わず心の中でシャッターを切った。

今私がお世話になっているフライトスクールでは、主に日本からの若者十数名がさまざまな免許の取得のために訓練を重ね、寮で暮らしている。バイクや自動車と同様に飛行機も免許が分かれているが、今回私が目指しているのは多発飛行機（マルチエンジン）だ。鼻の先にひとつプロペラがついているだけの単発機に比べると安定しているが、逆に制御も少し複雑になる。二日前に初めて双発飛行機を動かしたとき、その重さをまず感じた。そして両翼のプロペラの回転数を変えてゆくとぶおん、ぶおんというなりが消え、シンクロすることをこの耳で実感した。

飛行機が変わると世界観も変わる。今日の訓練では飛行中に初めて片方のエンジンを止めた。飛行中の事故を想定したこのようなシミュレーションを、私たち訓練生は叩き込まれる。左のエンジンが故障したとき、機体は大きく左に傾こうとする。右のラダー（方向舵《だ》）

を踏ん張って姿勢を維持しながら、素早く緊急手順を進めてゆく。そしてエンジンが死んだとわかったときには左のプロペラをフェザーにする。フェザーとは羽のことだ。鳥の羽は下に振り下ろすときは空気をつかみ、上げるときは互いの羽の隙間《すきま》からうまく空気が抜けて抵抗が小さくなるようにできている。それと同様に左のプロペラは空気抵抗を最小にしたかたちで動きを止める。手足に伝わる重さが楽になり、パイロットは片側のエンジンで近隣の空港に着陸する手順へと移ってゆく。鳥の持つ見事な身体の仕組みを改めて知り、空と自分との関係がまたひとつ拡《ひろ》がってゆく。

事故が起こったとき、いかに安全にリカバーするか。それに対応できる心身を得るために訓練生は実際に飛び、また航空力学やエンジン機構の座学を受ける。いつか飛行機が自動車並みに簡単に操縦できる時代が来るかもしれない。だがこうして技術の背景を学び、コクピットからの地平線の見え方とピッチ（縦揺れ角度）、バンク（横揺れ角度）、パワーの関係を常に考えながら飛ぶのも決して悪くはない。それは最相さんのご指摘につなげると、飛行機が拡げてくれた世界観を発見するということだからだ。未来を知る見方を、またひとつ獲得することでもある。このことは帰国してから最相さんとたくさん話をしてみたい。

〝江戸の精神〟を受け継ぐこと

最相葉月

瀬名さんは、伝統園芸植物をご覧になったことはあるだろうか。伝統園芸植物とは、江戸時代の園芸家が彼らの価値観に基づいて野生植物を選抜育種し、園芸品種として観賞の対象としたものだ。たとえば、変化朝顔。アサガオといえば夏休みの課題で育てるようなラッパ型の品種がよく知られるが、変化朝顔は、葉がねじれていたり、風車のような花弁をもっていたりして、これが本当にアサガオなのかと首をかしげてしまうような奇妙な姿をしている。突然変異で生まれたものを選抜するため種をつけない。そのためきょうだいの種を保存してあとはごくわずかな変異率にゆだねるのみだ。

伝統園芸植物の品種を体系的に保存しているのは、兵庫県宍粟《しそう》市の山崎伝統園芸植物研究所ただひとつ。昨秋訪問した時点で、松だけでも約百五十種、ほかに万両《まんりょう》、南天《なんてん》、富貴蘭《ふうきらん》や万年青《おもと》などの稀少品種が二千九百品種栽培されていた。この数は決して多くはない。所長の荻巣《おぎす》樹徳《みきのり》さんと知り合ってもう十年になるが、お会いするたびに危機感を覚える。七年前にうかがったときは四千種あり、そこから数えても確実に減っている。それも急速なスピードで。

植物としては弱く、不自然に見えるかもしれない。荻巣さんはこれを嫋《たお》やか、あるいは

嫋《じょう》々たる美と表現し、「一つひとつの植物にストーリーがある。一度なくしたら戻らないものは、人間が守らないといけません」と語る。

日本人は、メンデルの法則も進化論も発見しなかった。だが、強いものを選ぶとか、技術として応用され、社会に貢献することだけをよしとする価値観からは、伝統園芸植物など生まれてこなかっただろう。合理的であることや効率とは無縁。大いなる無駄と手間を遊び、異形の嫋やかさを愛した江戸時代の人々の精神を受け継ぐことは、未来の選択肢を増やすことにつながるのではないだろうか。

現在は企業が研究所の運営を支援しているが、後進を育てるシステムは確立されていない。荻巣さんの意志と技術を継ぐ人を育てなければ伝統園芸植物は滅びてしまうだろう。それは、人間が築いた一つの世界観の消失であり、未来を知る見方を一つ、失うことでもある。

まもなく遺伝子組換え技術によって実現した青いバラが世界で初めて販売される。開発の経緯は取材してきたので、科学的な意義は理解しているつもりだ。ただ、不可能を可能とするテクノロジーを手にする一方で、江戸の精神も守り受け継いでいければ、未来にどれほど自慢できるだろうかと思う。

医薬食同源という世界観

瀬名秀明

多発飛行機の免許を取得し、日本に戻ってきたら、仙台は葉桜になっていた。淡いピンクと瑞《みず》々しい新緑が溶け合う印象派絵画のような色合いはとても好きなのだが、それでも満開の桜を見逃してしまうと大事な記憶の一部が欠けてしまうような切なさを覚える。フライト訓練に発《た》つ直前、京都の醍醐寺《だいごじ》の桜を両親と見に行けたのは幸いだった。

私はグリーンフィンガーズ（園芸の才）の持ち主ではないが、父は単身赴任先のアパートのベランダで野菜を育てているし、母はこちらが贈った鉢花《はちはな》を食卓に置いている。妹は京都の種苗《しゅびょう》会社に就職している。最相さんの文章を読んで、数年前に妹と大和郡山《やまとこおりやま》の金魚すくい大会に行ったことを思い出した。江戸時代から続く変化朝顔は書物を通じて知る程度だが、日本人の持つ伝統園芸植物的な気風といえば、金魚の世界もそうなのかもしれない。魚はここまで変化できるのかと感嘆するが、鉢の中を泳ぐ金魚の美麗さを愛《め》でた江戸の精神がやはりそこにあるのだろう。金魚以前にも日本人は石菖《せきしょう》を挿《さ》し入れる鉢にメダカを飼っていた。盆栽にしても植物としては異形《いぎょう》なのだろうが、人の目を愉《たの》しませてくれる。私たちは目を通して世界を見る。異形の嫋《たお》やかさとは生命の中に世界が重なることのしなやかさとやさしさなのかもしれない。

それにしても嫋やかな美とは素敵な表現だ。私たちが眼差しを持つかぎり、嫋やかな美は未来につながってゆくと感じる。

父に伝統園芸植物的な気風から連想するものを訊《たず》ねると、すぐさま答えが返ってきた。たとえば、色や形や味など際立って多種多様な広がりを見せる和菓子。あるいは日本の酒造り。よい麹《こうじ》菌を丹念に選択、育種した結果生まれるものだ。このように答えた父は薬学者であり、以前は日本茶に含まれるカテキンのインフルエンザウイルス不活化作用の研究にも携わっていた。

私は一年間だけ東北大学の薬用植物園で技官として働いたことがある。東北大学の薬学部は青葉山《あおばやま》の上に位置しており、麓《ふもと》から徒歩で細道を上ってゆくといつの間にか薬用植物園の中に足を踏み入れることになる。水芭蕉からゴーヤまでさまざまな植物が生えているが、いずれも薬用となるものだ。「山野に在《あ》る草木は皆、薬草薬木也」。薬学部の初代学部長の言葉である。細道を上り校舎が間近になると、道の脇にこの初代学部長が建てた「草木碑」が現れる。草木のいのちに感謝する碑があるのだ。薬学生は講義で陰陽《いんよう》五行《ごぎょう》を学び、この植物園で自然を観察する。

医食同源、いや、医薬食同源というべき私たちの世界観があるからこそ、朝顔や金魚の嫋やかさを愛でる粋《いき》の精神が受け継がれてゆくのかもしれない。

時空を超えて受け継がれるもの

最相葉月

先日、久しぶりに遊覧船で神戸港めぐりをした。家族と、前に紹介した中国人の友人が一緒だ。彼女は黒龍江省《こくりゅうこう》ハルビン郊外の出身で、日本に来るまで海を見たことがなかった。まもなく帰国するので、ぜひ神戸港を見せたいと思ったのである。はじめのうちは船室の窓からおそるおそる外を眺めていたが、甲板《かんぱん》へ誘うと、海と山が一望できる眺めに魅せられたようで、写真を何枚も撮っていた。

翌日は、東灘区の白鶴《はくつる》美術館へ案内した。ここには、白鶴酒造の七代目嘉納治兵衛《かのうじへえ》が収集した中国西周《せいしゅう》時代の青銅器や唐時代の銀器、奈良時代に写経された賢愚経《けんぐきょう》など、国宝や重要文化財に指定された貴重な東洋古美術が収蔵されている。子どものころは意味も価値もわからなかったが、緑や群青《ぐんじょう》の深い銹《さび》色が美しい殷《いん》王朝（紀元前十六〜同十一世紀ころ）の酒器の前に立つと、この器がつくられた三千年後の未来である今、中国の友人と日本人の私がともに鑑賞していることの奇跡に感謝したくなった。

庭は、馬酔木《あせび》の壺《つぼ》状の白い花が満開で、紅色の牡丹《ぼたん》からは甘酸《あまず》っぱい香りが立ち上っていた。彼女は日本のツツジをとても気に入り、中国の家にも植えたいといった。ツツジも牡丹も中国に自生する植物で、そもそも日本の園芸文化は中国の影響を受け、江戸時代に日本独

自の姿に改良されたのだと伝えると意外な顔をしていた。

薬学生が学ぶ陰陽五行《いんようごぎょう》ももちろん、古代中国の哲理。植物や器や経典を通して異なる国、異なる時代の世界観に出会い、学び、独自の解釈のもとにまた新たな世界観をかたちづくる。時空を超えて受け継がれていく伝統は、さらなる未来の人と人の出会いにどんな喜びや驚きを与えるのだろう。

東京に戻ると、新型インフルエンザのニュースが飛び込んできた。薬学者としてインフルエンザウイルスを研究されていた瀬名さんのお父様は、胸を痛めておられることだろう。人間と動物の接触に起因する人獣共通感染症が増えている。人の行動範囲が拡大し、動物の生活圏を脅《おびや》かすまでになった現代では、ウイルスは容易に国境を越え、防ぐことはむずかしい。最近お目にかかった人獣共通感染症の研究者によれば、せめて感染率を中長期的に下げるためにも情報と教育は欠かせないという。

ウイルスは三十億年前に誕生し、過去に動植物を絶滅させた例はない。動植物の絶滅はウイルス自身の絶滅をも意味するからだ。未来は、ウイルスと共存してきた歴史の知恵を必要としている。

新型ウイルスは私たちの世界を映す

瀬名秀明

二〇〇三年、インフルエンザウイルスの研究者である父と中国の雲南省《うんなん》を訪れた。アジア風邪、香港風邪などインフルエンザの世界流行《パンデミック》発生の地の一部と目されるこの地域では、今も地ガモやブタが放し飼いにされている。シベリアから渡ってきた野ガモは雲南省の浅い湖で羽を休め、ウイルスを含む糞《ふん》は湖畔の農家が飼う家禽《かきん》に容易に取り込まれる。そのため新型ウイルスが発生しやすい場所だといわれてきたのだが、日本の研究者が実際に現地を視察したことはほとんどなかったのだ。

ある湖畔にたどり着いた夕暮れ時のことは今も鮮明に憶《おぼ》えている。農家の庭先でニワトリとブタがともに餌を食《は》み、その脇の水辺で地ガモがくつろいでいた。若者が家禽に餌を与えていた。それはミレーの絵のように美しく、自然と人間が共生した光景だった。農家の人に聞くと冬季には一万羽の渡り鳥がやって来るという。春先にはブタがよく咳《せき》をするともいっていた。

現地の鳥類学者はインフルエンザのことを知らず、私たちは現地の流通や生活を知らなかった。新型ウイルスは私たちの世界を映す。世界を知らない限りウイルスのことはわからない。

この冬にインフルエンザに関して短い解説記事を新聞に寄せたとき、ある臨床医からお手

紙をいただいた。私の誤記を指摘する内容だったのだが、読み返すうちに足が震えてきた。現場で働くその医師が、不安をなんとか圧《お》し殺しながら悲痛な訴えをしていることがよくわかったからだ。耐性株が登場し、さらに別の耐性株も報道され、現場の不安と緊張が極限に達しているように読み取れたのだ。専門家が怖がっている、と気づいた瞬間、底知れない恐怖を覚え、震えが止まらなくなった。

「明日さえわからないのに未来など考えられないとうそぶくのではなく、明日生きることをまず考える」と最相さんが初めに綴《つづ》ってくださったことを、今思い返している。どんな新型ウイルスが報道されようとも私たち個々人ができる対策は同じだ。唾《つば》を飛ばさない、外出を控える、そして正確な情報を得る。

先月、神戸大学感染症内科の岩田健太郎さんが研修医に向けて書いた文章を読み感銘を受けた。毎日の診察を大切にしてください。あなたが不安に思っているときは、それ以上に周りはもっと不安かもしれません。自分の不安は五秒間だけ棚上げにして、まずは周りの不安に対応してあげてください。そしてチームを大切にしてください。勇気とは恐怖におののきながら、それでも歯を食いしばってリスクと対峙《たいじ》する態度だ、と。すべての人が胸に刻むべき言葉だと感じた。

未来は今ここから始まる。

語られていない感染症にも目を

最相葉月

瀬名さんがインフルエンザの研究者であるお父様と雲南《うんなん》省を視察された年の四年前、実は、私も中国の園芸事情を取材するために雲南省省都《しょうと》の昆明《こんめい》を訪れている。

昆明は、四方を山に囲まれ、一年中温暖で花が咲いていることから「春城」と呼ばれる。世界園芸博覧会という政府が初めて主催する国際博が開催され、町はどこも観光客で大にぎわい、あちこちで高層ビルが建設中だった。都心からバスを一時間も走らせれば広大な農地が広がり、家畜糞堆肥《ふんたいひ》のにおいが車内に漂ってきた。山間を抜けるとき、ベトナム行きの列車が走っていくのを見た。雲南省は北京、上海など国内の主要都市だけでなく、ベトナムやラオス、ミャンマーと陸路でつながっている。ここが中国南部における国際交流の要地であることをそのとき初めて実感した。

数年前、雲南省やベトナムで鳥インフルエンザの感染が確認されたときによみがえったのは、この地続き感だった。最近は新型インフルエンザの陰に隠れているが、今年に入ってからも、鳥インフルエンザは中国やベトナムで確認され、犠牲者も生んでいる。

動物を宿主《しゅくしゅ》とするウイルス感染症はインフルエンザだけではない。先日、東京大学医科学研究所でニパウイルス感染症を研究する甲斐《かい》知恵子さんを取材した。果物を食べるコウモリ

を宿主とするニパウイルス感染症は、コウモリの落とした糞尿のついた飼料を食べた豚を介してマレーシアの養豚《ようとん》業者の間で感染が拡大した。その後、豚を食さないバングラディッシュやインドにも果物を通じて拡がり、今も小規模な流行を繰り返している。甲斐さんはこのウイルスの構造を明らかにし、ワクチンの開発に取り組んできたのだが、これを製品化する企業が現れないことを嘆いていた。「先進国の人も感染するインフルエンザには多額のお金が投資されるのに、七五パーセントという高い致死率でも、発生地が途上国で、しかも犠牲者が少ないとなれば興味をもってもらえない。子どもたちが亡くなっていくのをこのまま見て見ぬふりをするのでしょうか」

日本で研究開発されながら、経済的な理由から現地に届けられないワクチンはほかにもある。新型インフルエンザに備えることはもちろん大切だが、最近の過剰報道を見ていると、そこで語られていない感染症の現状に目を向けたくなる。

「新型ウイルスは私たちの世界を映す」と瀬名さんは書いた。新型ウイルスは、世界がよく見えていなかった私たち自身も映し出そうとしている。

見えないものにどう気づくか

瀬名秀明

いくら小説やドラマでシミュレートしていても、実際に起こると想像を超えた事象が次々と目についてくるのは人間のふしぎな特性だ。たとえば二足で歩くヒト型ロボット。人類は無数の物語で想像してきたのに、いざ眼前でヒューマノイドが動くのを見ると、想像もしていなかった現実が見えて驚く。初めてASIMOと一緒に歩いたときはまずその重量感に圧倒され、もし倒れてきたら怖いと感じ、それでもロボットと協同作業する喜びがこんなにも大きいものなのかと気づき、自分の想像力の限界にびっくりしたものだ。

自分の小説が映画化され、初めてスタジオセットに足を踏み入れたときも同様の驚きがあった。自分で描いたはずの研究室なのに、隅々《すみずみ》まですべてがあまりにもくっきりと見えすぎて、まるでハイビジョン映像の中に入り込んだような錯覚に陥ったのだ。以来、小説を書くときは書かないところまで四方八方へ心の目を凝らすようになった。

今回の新型インフルエンザウイルスの報道やウェブでの反応を見守り、一方で専門家らの動向を聞きながら、私たちの社会が見えなかったものが刻々と変化してゆくダイナミズムを感じていた。それは私たち自身を映すうねりだった。報道者も医療従事者も新たな状況に向き合い続け、行動は社会でループをつくった。いつか社会学や情報学、リスク学の研究者ら

によって今回の情報の推移が解析され、私たちの不安や怖れ、理性や希望、何が見えずいかなる〝見えなさ〟にいつ気づいたのか、それらが図式化されることを期待している。

見えないものを考えるのは難しい。最近、ネットを活用することでどこでもサービスを引き出せる「クラウド」という概念が流行している。必要な情報がすべてネット（雲）の向こうにあるという発想なのだが、飛行機で空を飛んでみると視界を遮《さえぎ》り機体を揺らす危険な雲は次代のネットのイメージとうまく結びつかない。ただ雲は見えない空気の動きを教えてくれる大切なしるしでもある。〝雲で処理するコンピューティング〟ではなく、雲の動きから私たちの見えないものを気づかせてくれるコンピューティングがほしい。

日本列島に梅雨《つゆ》がやってくるのは、北緯三十度付近の亜熱帯ジェット気流がじりじりと北上し、ヒマラヤ山脈にぶつかって北と南の二手に分かれ、北海道の上空で再び合流して高気圧をつくるからだ。ヒマラヤの頂上に吹く風は秒速一〇〇メートルにも達する。地球が回転し、ジェット気流が吹き、そこにヒマラヤがあることで日本に梅雨が訪れる。飛行機で飛ぶとき、局所的な天気だけを見てはいけない。

そして風が凪《な》いだときも、風を忘れずにいたいと思う。

私たちは雲の一部、雲も私たちの一部

最相葉月

自転車ロードレース「ツアー・オブ・ジャパン」の最終日、東京大会を観戦した。大阪堺の仁徳陵《にんとくりょう》古墳前をスタートし、奈良、美濃、南信州、富士山、伊豆、東京の七つのコース計七五二・六キロを一週間かけて走り抜く大会だ。欧州にあるような本格的なロードレースを日本で開催するのは、地形や道路規制の問題からむずかしいといわれていたが、大会は今年で十三回目を迎え、イタリアやサンマリノ、マレーシア、韓国、中国などから十六チーム九十五選手が参加。東京大会スタート地点の日比谷は、往年の名選手グレッグ・レモンが先導するパレード走行で大いに沸いた。

周回コースのある大井埠頭《ふとう》へ移動し、本格的な駆け引きが始まる。プロトンと呼ばれる選手の集団がアメーバのように割れたり伸びたり合体したり、有機的な動きを見せる。レースの全体像を把握するには、テレビのほうがいい。プロトンの様子も上空のヘリコプターから送られる映像の鮮やかさに勝るものはない。正確な記録は公式サイトで、選手のプロフィールや近況はファンや選手本人のブログで知ることができる。ニュースサイトも充実し、世界のレース情報が動画つきで刻々とアップされる。情報は、まさにインターネットの雲にあふれている。

だが実際に生《なま》で観戦してみると、雲から取り出せなかったものがたくさんあることに気づく。観客のどよめき、選手たちの息づかい、汗のにおい、そして彼らがつくる風の強さ。終盤、優勝候補といわれたオーストラリアのチームがトレインという隊列を組んで目の前を走り抜けていったとき、不気味な風のかたまりに全身が持ち去られそうになり、鳥肌《とりはだ》がたった。

自転車レースはひとりでは勝てない。選手が先頭を入れ替わりながらチームを引っ張り、風圧によって体力が消耗するのを軽減する。チームのために自分が犠牲になってもかまわない。そんな利他の精神がいかんなく発揮される。選手が入り乱れるレースの最中に体勢を整え、最終ゴール目がけて力を振り絞るとき彼らがどんな表情を見せるのか。頭ではわかっているつもりだったが、その形相《ぎょうそう》は想像を絶するものだった。

雨の中、観客は傘もささずに選手たちの健闘を讃《たた》え、拍手を送る。同じ時間、同じ場所でみなが同じ空気を吸っていることの高揚感。どこか遠くのあちら側にあると思っていた雲は、昨日までと形を変え、私たちの内と外を行ったり来たり。私たちは雲の一部、雲もまた私たちの一部のように感じる一日だった。

ダーウィン先生が描かなかったもの

瀬名秀明

　最近、武田康男《やすお》さんのブログを楽しみに読んでいる。気象予報士の資格を持つ武田さんは、今年から第五十次南極越冬隊員として南極昭和基地で研究観測に従事し、南極の自然現象を毎日写真で紹介しているのだ。

「南極ではウイルスがないので、風邪をひかず熱も出ませんが、体が疲れたときは自ら休まないと後が怖いです」と綴《つづ》る春の日記には、薄雲で星が隠れた夜空が紹介されている。都会では町灯《まちあか》りで雲は白っぽくなるのに、南極では真っ黒な穴が星空にあいたように見える。太陽が地平線すれすれを過ぎ、空気は澄んで眩《まぶ》しい。オーロラはときどきピンク色に輝き、厚い池の氷は雪や霜を包み込み、雪の結晶は花や翼など驚きの姿を見せる。武田さんの的確な説明もいい。

　今年はダーウィン生誕二百周年、『種《しゅ》の起源』刊行百五十周年だ。また世界天文年でもあり、ミステリーやSFの元祖エドガー・アラン・ポオの生誕二百周年でもある。同時代人であるダーウィンとポオは、空をどのように見ていたのだろう。ポオには天界の理を詩的に表現した野心作『ユリイカ』がある。それではと思い、荒俣宏《あらまたひろし》がビーグル号航海記を翻訳した『ダーウィン先生地球航海記』を手に取った。

ダーウィン先生は行く先々で目を輝かせて動植物の生態や現地住民の生活を描写し、当時最先端の科学仮説だった地球物理学を拠《よ》り所として地層や珊瑚礁《さんごしょう》の形態に目を凝らす。ガラパゴス諸島では風の向きを想像し、動植物がどのように広まっていったのか考える。チリでは大地震にも遭遇する。ところが長い航海記のなかで、おそらく星の描写は一カ所しか登場しない。

マレーの女性が大きなスプーンを使った精霊の踊りを見せ、明るい満月がココヤシの葉の間から静かに輝く。ダーウィン先生はそのふしぎな光景に感動する。ダーウィン先生は航海中に幾度となく空を見上げただろうが、精霊がその筆を月に向けさせたのは興味深い。きっと描かれなかった空や星、風のエピソードはたくさんあっただろうが、それらのリアリティのすべてはダーウィン先生の心の中で生き続け、後年の実験と理論に結実していったのだ。

七月二十二日、皆既《かいき》日食がやってくる。人々はインターネットで刻々と情報を得ながら、地球というスタジアムの中で肩を組み、同じ空気を吸って空を見上げることになる。その日は無数の写真つき地球航海記がウェブ発信されることだろう。先行の書物を読みながらも行く先々で新たな発見に驚喜し、書物の考察と結びつけたダーウィン先生と同じく、空を見上げれば私たちは天と世界の一員になる。

自然への畏敬を語り継ぐタイムマシン

最相葉月

南極にいる武田康男さんのブログをさっそくのぞいてみた。岩肌をもくもくと広がる霧《む》氷《ひょう》がおもしろい。色鮮やかなオーロラは天衣のよう。少しかたちがゆがんだ雪の結晶も武田さんの手にかかれば、「『規格外のきゅうり』のように、味のある」と形容されてしまう。マイナス十二度まで気温が上がって暖かく感じる――という南極に、今にも手が届きそうな素敵なブログだ。

一方、宇宙からは、若田光一さんの声がブログ経由で届く。まもなくの地球帰還に向けて着々とミッションをこなす若田さんの姿は地上との違いを感じさせないが、宇宙飛行士特有のムーンフェイス（満月様《よう》の顔）だけは、無重力空間で生活する質感のようなものを教えてくれる。南極から宇宙へ、宇宙から日本へ。この空に飛び交う言葉という言葉ひとつひとつを数えてみたくなった。

先月なかば、京都府宮津市の天橋立《あまのはしだて》に出かけた。橋を渡り、八千本あまりの黒松が並ぶ全長約三・六キロの砂洲《さす》を一時間ほど歩く。砂洲は海で囲まれているのに、地下から汲《く》み上げられるのは清水という不思議な土地。砂浜にはバラの原種のひとつ、ハマナスが自生し、甘《あま》酸《ず》っぱい香りを放っていた。

旅の目的地は、元伊勢といって、伊勢に移る前の神々のふるさとといわれる籠神社《このじんじゃ》だ。今年は籠神社二千五百年紀の式典が開催されており、この日はちょうど女優の浅野温子《あつこ》さんの語り舞台が行われることになっていた。六年前、神話の再興を目指して始められた試みで、伊勢神宮と出雲大社を皮切りに全国の神社で『古事記』を語る旅を続けておられる。トレンディドラマで活躍されていたころを知る者にはとても想像もつかなかった転身で、神殿で行われる厳粛な語りに、雨の中、みな神妙な面持ちで聞き入っていた。

この日の演目の一つは、「天《あま》の岩屋戸《いわやど》にお隠れになった天照大御神《あまてらすおおみかみ》 月読命《つくよみのみこと》の語れる」。有名な天の岩屋戸神話だ。弟の須佐之男命《すさのおのみこと》の横暴に耐えかねた姉、太陽神の天照大御神が天の岩屋戸に隠れ、世界は深い闇に閉ざされる。この神話を聞いた誰もが皆既日食を思い浮かべることだろう。推古《すいこ》天皇以前は日食の記録がないことから天文学者の間では議論があるようだが、もしそれが事実だったらと想像するだけでわくわくする。

日食神話は世界各地にあるという。神話は、天文学以前の人々が、天変地異とそれによって引き起こされた禍《わざわい》を自然への畏敬《いけい》の念とともに未来に語り継ごうとしたタイムマシンでもある。七月二十二日は東京で部分日食を観測しながら、古代の心に耳を澄ましてみたい。

Ⅵ　2009年夏　感覚をめぐる旅

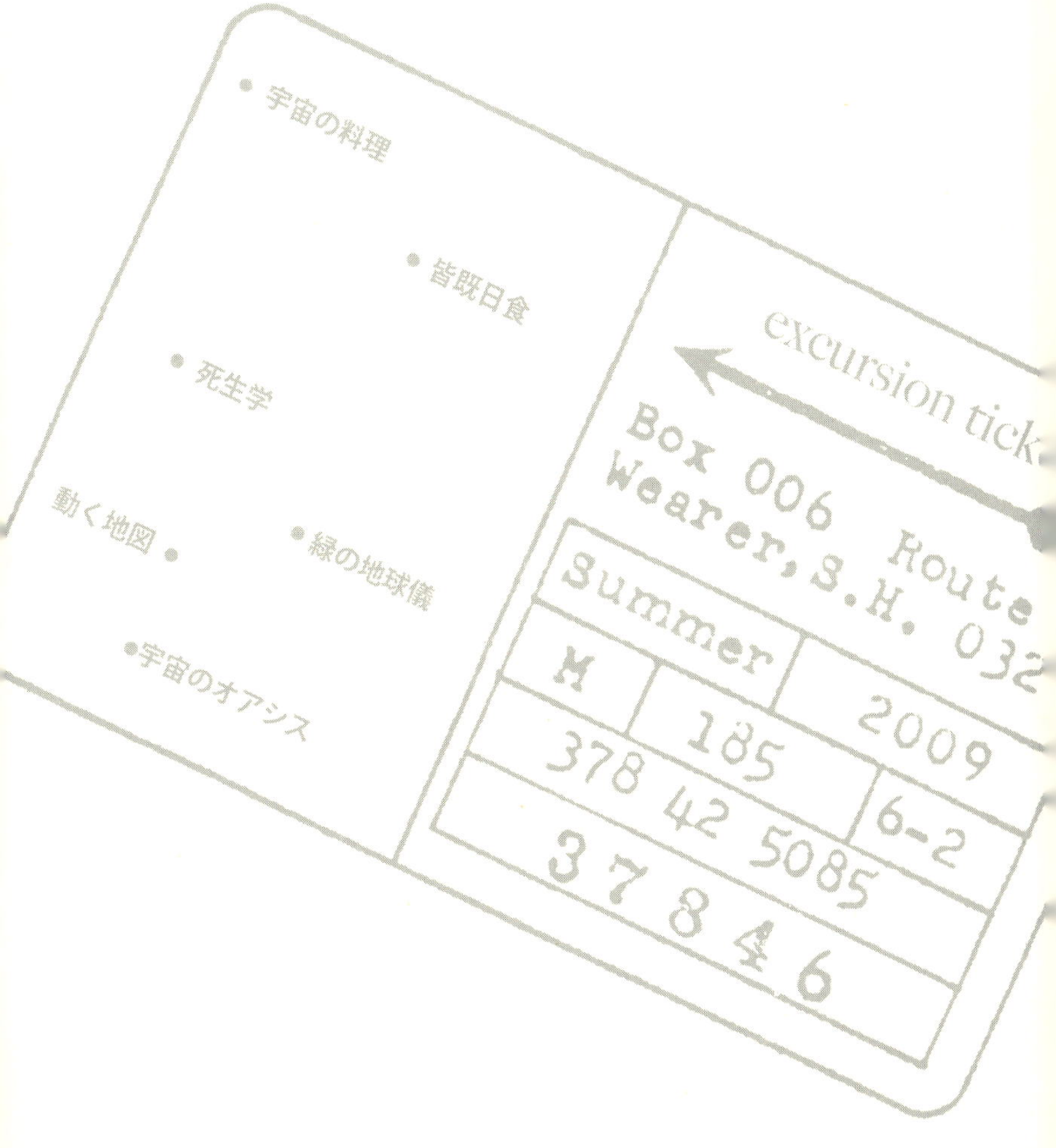

文章が呼吸になるように

瀬名秀明

　このところ仙台は雨続きで、キッチンに飾ってある晴雨予報《せいうよほう》グラスの水位はずっと標準より高いままだ。ガラスでできたこのおもちゃは、地球のかたちをした丸い水溜《みずた》め部分から細い管《くだ》が上方へ伸び、その水位が気圧計（バロメーター）になっている。俗にゲーテが発明したといわれるこのおもちゃを毎日眺めながら食事をつくり、部屋に籠《こ》もって小説を書いている。

　四月にアメリカでパイロット訓練を受けていたとき、寮で自分のつくる料理があまりにまずくて、帰国後自炊を再開した。大学も退職したのでちょうどいい。最近の料理本は実に懇《こん》切丁寧《せっていねい》で、「水からゆでる」という言葉の意味も遅まきながらようやく知った。流れるようにとまではいかないが、それでも少しはリズムが身体に残り、食べ終えて再開する原稿に新たなアンサンブルが生まれる気がする。これまであまり食事の場面を書いてこなかったなとも反省する。

　宇宙での料理は将来どのようになるだろう。若田光一宇宙飛行士の五月のブログに、宇宙日本食の紹介ムービーがあった。再生水をパッケージに注入して戻したり、レトルトパウチを温めたり。最近の宇宙食はおいしいと聞くが食べたことはない。博物館で売っているパッケージは口にあわず想像するのみだ。

原稿に集中していると電話が来ても咄嗟《とっさ》に口が回らない。だがもともとお話は口頭で伝えられた。伊勢で教え子のご家族の家にお邪魔したことがある。お祖母《ばあ》さまが子どものころにつくったという日本神話の紙芝居《かみしばい》に目を瞠《みは》った。翌日は教え子たちと外宮《げくう》、内宮《ないくう》を参拝したが、伊勢で育った教え子の立ち振る舞いの美しさに驚いた。発声し、それを聞くことも、身体の動きのひとつ。最相さんの紹介する浅野温子《あつこ》さんの語り舞台は、きっと時空を超えて言葉の原初の力を呼び覚ますものだったろう。そういえばダーウィンの時代、科学論文も聴衆の前で朗読のかたちで報告された。今でも人文社会系の学会発表では原稿を読み上げることが多いようだ。いつから科学は文章と語りが分離してしまったのだろう。

宮城県登米《とめ》市に薪《たきぎ》能の舞台があり、地元のアナウンサーに誘われて鑑賞したことがある。陽が落ちやがて薄闇が濃い夜となり、気がつけば設置された炎が世界に陰影をもたらしている。序盤から抑えた立ち振る舞いが続いていたが、最後になって一気に楽器のテンポは高まり、爆《は》ぜる炎さえ置き去りにする速さですべては進行し、ストロボ連射のような激しさにこちらの鼓動も追いつかないほどだった。

小説を書きながらあのときの呼吸をよく思い出す。文章が呼吸になるようにと願いつつ。

宇宙につながる台所

最相葉月

繊維《せんい》に沿って、逆らって、せん切りざく切り、みじん切り。包丁の入れ方によってこんなに味が変わるものなのかと、野菜を調理するたびに思う。湯や水をくぐらせるだけでも見違えるように変化する。しなびたレタスを風呂ぐらいの温度の湯に数分浸《ひた》すとしゃきっとよみがえり、菜の花はひと晩たっぷり水を吸わせると倍以上に膨らんで、黄色い花まで咲いて、おひたしにするとはなやかだ。

京野菜、沖縄野菜、たまに大阪方面からやってくるなにわ野菜も楽しい。水ナスは大好物で、手でざっくり千切《ちぎ》って生のままわさび醤油《じょうゆ》でいただく。野菜を一口も食べなかった日は血のめぐりがよくないようで、たびたび睡魔に襲われる。書き物に集中する日は、朝いちばんに野菜ジュースを飲むと快適だ。

最近、アイスプラントというちょっと変わった野菜を食べた。海水程度の塩分を含んだ水でも育つ南アフリカ原産の塩生《えんせい》植物で、乾燥にも強く、佐賀大学農学部のグループが干拓農地の塩害対策に利用しようと研究を始めたことがきっかけで商品化された〝近未来野菜〟だ。肉厚《にくあつ》で一見、野菜らしくないためか、スーパーの見切り品コーナーで売られていたのだが、生のまま口に入れてみてびっくり。水滴がついて凍《こお》っているように見える表皮のプチプ

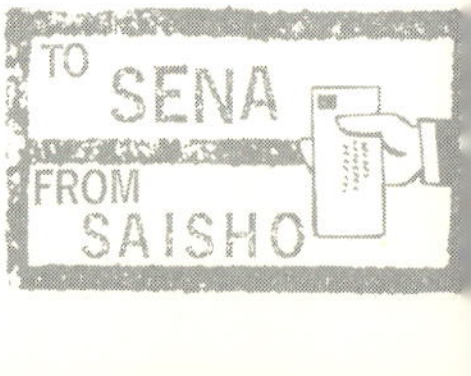

チとした食感が小気味よく、ほんのりしょっぱい。サラダにしても旨《うま》いし、焼き肉の付け合わせにもぴったりだ。佐賀大では砂漠化が進む中国の塩害対策にも有効ではないかと、目下共同研究を進めているという。

科学研究と農作物といえば、思い浮かべる女性がいる。数年前、彼女は大学応援部のチアリーダーだった。納豆菌が砂漠化を救うことをテーマにした報道番組を見て感動し、栄養化学を専攻。卒業後は食品会社の研究所に就職した。ずいぶんご無沙汰《ぶさた》しているのだが、瀬名さんが教えてくださった宇宙日本食紹介ムービーを見てから、若田光一さんが宇宙に持っていった白がゆについて調べてみて驚いた。開発に携わった研究者のひとりとして、彼女の名前があったのである。宇宙空間で炊きたての風味を保つためにいかに酸素の影響を取り除くか、というテーマの論文も発表していた。

宇宙では米が飛び散りやすいため米の量を増やして粘度を高くしたほかは市販のかゆと同じだそうだ。水は富士山の銘水《めいすい》、米はコシヒカリ。学生時代から生活の身近にあるものを研究したいと話していたが、それが宇宙につながるとまでは彼女自身も想像していなかっただろう。宇宙が一気に、地続きの生活空間になった。

違和感なくして創造なし

瀬名秀明

スパイスを買ってきてレシピ通りに混ぜ合わせる。橙《だいだい》色と黄土《おうど》色と鮮やかな紅《べに》色が溶け込むのを手元で見ていると、なるほど調剤だなと思う。実験に明け暮れた学生時代を思い出す。科学研究なのだから厳密で機械的と思われがちだが、ちょっとした匙《さじ》加減や観察、手さばきで、培養細胞の反応は大きく変わる。

最相さんからいただいた前回のお便りを、心の中で声にして何度も読んでみる。料理のことを書いた文章は韻文《いんぶん》に近くなる。少し経って気がついた。繰り返されるリズムは〝違い〟を引き立たせる。食材の切り方の違い、野菜の色合いや歯ごたえの違い、身体をめぐる心地よさの違い。おいしさとはそういった違いを五感で楽しむことだと改めて感じ、違いを発見する喜びが地上と宇宙をつなぐことを知る。

国際看護師協会の機関誌が届いた。春先、パイロット訓練に出かける直前、この雑誌に論文もどきのエッセイ原稿を送っており、その掲載誌が来たのである。看護における実践知を学際的に検討することを目指したこの特集号では、コーディネートを担当された看護学部の教授が拙書『境界知のダイナミズム』を参考にして全体の構成を組み立ててくださったのだ。言葉だけで表現するのが難しいさまざまな現場の〈知〉が取り上げられている。さっそ

TO SAISHO FROM SENA

くページを捲《めく》り、ある執筆者が紹介するベテラン看護師の言葉が目にとまった。「患者さんはね、手術した夜の苦しみを背中で知らせてくれるのよ」とその看護師は語るのだそうだ。「患者さんの背中に手を当てるとね、〝痛かったところをかばってそこが凝っているのよ〟と患者さんの声が聞こえてきそうな気がするのよ」と。

手で触れて感じた〝違い〟が、言葉にならない声として聞こえているのだ。すばらしい臨床家たちはおしなべて言葉少ない人たちだった、と筆者は記しつつ、その臨床家たちから声を受けとめて論文にしていた。〝違い〟を察する手触りの豊かさが、ケアの技術をそっと伝えてゆく。

もともとヒトは自分の身を守るために違和感の察知能力を身につけてきたのだろう。社会で生きるようになった現代人は、その違和感があるために他人とぎくしゃくしたり、もどかしさに悩んだりする。しかし違和感を覚えずつるつるの体験ばかりで日常を過ごすなら、葛《かっ》藤《とう》はないかもしれないが創意工夫や未来への信念も生まれないのだろう。「おやっ？」と〝違い〟に気づくことは創造へとつながるのだから。

そして気づきは繰り返される日常の中から生じる。リズムで表現される包丁の入れ方が、味の違いをいきいきと描き出すように。違いが人をつなげている、砂漠へ、宇宙へ、未来へ。

肌にふれ、からだの声に耳を澄ます

最相葉月

わが家には猫が二匹いる。ふだんは互いにまったく無関心な様子なのに、ときどき歩み寄って毛繕《けづくろ》いしあう。一匹は、私が床でくつろいでいると必ず膝《ひざ》の上に座り、前足で「ふみふみ」を始める。母猫の母乳を促す行動の名残《なごり》らしい。母乳が出るわけがないことは猫だってわかっているだろうが、こちらも半分、親猫になったような気になるから不思議なものだ。

医学史家の中川米造《よねぞう》さんが、人間を含めて群生動物は皮膚の接触が生理的な安定のために必要だと書いておられたのを読んだことがある。マウスも一匹だけで育てていると生理的に不安定になるそうだ。そういえば、子どものころ、薬など飲まないのに、母がお腹《なか》に手を当ててくれているあいだに腹痛が治ってしまったことがあった。

職業柄、たびたび指圧のお世話になっているが、どんなに高性能のマッサージ器よりも人に揉《も》んでもらったほうがよく効く。先日「胃がずいぶん張ってますよ。調子悪くないですか」と指摘され、自覚症状はなかったのに、翌日さっそくひどい胃痛になってしまった。意識より先にからだが訴えていたのだろうか。指圧師がみごと言い当てたことに驚いた。

敬虔《けいけん》なクリスチャンでありながら、マッサージを勉強してがんの緩和ケアの現場で働いている方もいる。肌にふれ、からだの声に耳を澄ます。「手当て」は、時に、言葉よりも心強

い支えになる。

最近ある心理カウンセラーから、超低出生体重児として生まれた赤ちゃんにまつわる話を聞いた。生まれてすぐに新生児特定集中治療室の保育器に入れられたまま亡くなっていく赤ちゃんの母親の喪失感は深く、悲しみを癒《い》やすことはむずかしい。小さく産んでしまったことの罪悪感と、抱きたくても抱いてあげられなかったという無力感に苛《さいな》まれ、いつまでも自分を責め続ける。

そこで、ある医療施設で母親が裸のおっぱいの間に裸の赤ちゃんを直接くっつけて抱く「カンガルーケア」を取り入れたところ、母親は一言も言葉を発することなく、わが子の体温が失われていくのを時の経過とともに肌で静かに受けとめていたという。保育器の中の赤ちゃんを抱くこともできなかったケースと比べると、精神的な回復にも大きな違いがあったそうだ。

肌のふれあいを通して、子は母のぬくもりを感じ、母は自分が生まれてきた子の母親であることを確認する。結果として喪《も》の作業になるとしても、確かめ合う時間のかけがえのなさは計り知れない。永遠不変の絆《きずな》として。

科学と人々の"肌のふれあい"つくる民俗学者

瀬名秀明

新型インフルエンザ（H1N1）の世界の感染報告者数は、七月半ばで約九万五千人、国内で約三千人。初夏には学校閉鎖で感染の拡大を防げたものの、日本での本格的な流行はこれからと見る専門家もいる。海外でも妊婦などハイリスクの人たちは重症化するケースがあり、冬に向けての注意が必要だ。

世界保健機構（WHO）メディカルオフィサーの進藤奈邦子《なほこ》さんと、東北大学医学部の押《お》谷仁《たにひとし》教授に、続けてお話をうかがう機会があった。今回の新型インフルエンザが世界に向けてはっきりと報道されたのは四月二十三日から二十四日。エジプトでトリインフルエンザの対策にあたっていた進藤さんは深夜にホテルでWHOからの知らせを受け、すぐさま飛行機でジュネーブへ駆けつけた。押谷教授は感染症学会からの帰路で知らせを受けた。押谷教授はかつて新型肺炎（SARS《サーズ》）のアウトブレイクをくい止めるため最前線で活躍したひとりだ。今回の新型インフルエンザも注目されたきっかけのひとつは、メキシコ現地の医師が「これはSARSかもしれない」と警戒したことにあった。

アウトブレイクを扱った小説や映画では、宇宙服のような防御服を着た科学者がアウトブレイクの現場に分け入り、患者と接するシーンがよく描かれる。防御服越しのコミュニケー

ション。直接ふれあい、ともに呼吸をすることが感染拡大につながってしまう。だが、人と人のつながりはそこにもある。

アフリカでは小さな地域にいくつもの言語があり、呪術《じゅじゅつ》師が患者を診る。白い防御服で現地入りした専門家たちを見た村民が、「悪いものは白い姿でやってくる」という伝承を信じて彼らに投石したところもあったそうだ。そういうとき専門家と現地の人々をつなぐのは民俗学者なのだ、と進藤さんは教えてくださった。どんな場所にも人々をまとめるキーパーソンがいる。公衆衛生や感染症の専門家たちは民俗学者の仲介を得ながらキーパーソンを探し、説明を重ねてゆく。科学者の行動も変わる。患者のいる家の前まで行き、そこで初めて白い防御服を身につけることで不安を収める。

その話を聞いて、岐阜県のロボット研究施設を思い出した。ハイコンセプトな大学の研究思想を近隣の人々に伝えたのは、その大学に所属する民俗学者だった。彼は町内の集会所を回って住民との対話を重ね、共同開発の道を拓《ひら》いていった。しまいには「町長選に出たら」と励まされるほどの信頼を得たという。

聞いて、伝える。民俗学者が科学と人々の〝肌のふれあい〟をつくり上げているその事実に、心を動かされる。自分の指先を見つめた。この指先も聞いて伝えているのだと思いながら。

生と死を軸に人間を理解する

最相葉月

新型インフルエンザの警戒水準がフェーズ6に引き上げられた翌々日、東京大学で開催された「死生学の可能性」というシンポジウムでパネリストを務めた。

死生学とは、生と死を軸にして人間を理解しようとする、古くて新しい学問だ。扱うテーマは、死生観や看取《みと》り、葬送の文化、犯罪、戦争など多岐《たき》にわたる。近年は、脳死臓器移植や生殖医療などの先端医療や地球環境も射程となっている。ジャンル横断的であるためか、学生はもちろん、医療や教育関係者、地域で介護に携わる人など多様なバックグラウンドをもつ観客で会場は満席だった。

人々をケアするとき、自然科学的なアプローチだけではない何かが求められるときがある。もはや医療だけが救うのではない。みんな、そのことに気づき始めていた。

パネリストのひとり、内科医の高橋都《みやこ》さんの報告が興味深かった。医療に携わっていると、研究でも臨床においても、自分たちがどんな支援を提供できるのか、役立つケアは何なのか、といった問いが先に立ってしまう。ケア従事者はみな「○○したがりあん」なのだと高橋さんはいう。

だが実際には、いかに生きるかといった実存的な問いに関わるときは、何をしてあげられ

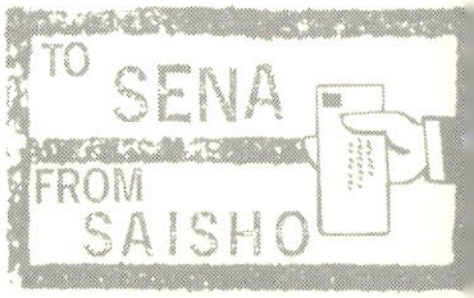

るかではなく、本人や家族を邪魔しないこと、ふれないことのほうが重要になる場面もある。がん告知を受けた前後で死生観がどう変化するかという調査を続けている高橋さんの、「ケアをする人は偉大なるおせっかいをしていると自覚することが大切です」という言葉に、誰もが深くうなずいていた。

高橋さんは乳がん手術後の性の問題にも取り組み、訳書『がん患者の〈幸せな性〉』は、多くの当事者とその家族に支持されている。いのちが助かるなら性など二の次、という周囲の無言の圧力のために誰にも相談できなかった患者の訴えが、高橋さんを動かしたという。大学の研究も書斎を出て現場のニーズや経験とつきあわせ、相互にフィードバックが必要な時代だ。瀬名さんが紹介された、専門家と住民をつなぐ民俗学者の活動も、みごとな臨床的な知の姿だと思う。

七年前に死生学研究を立ち上げ、リーダーを務めてきた宗教学者の島薗進《しまぞのすすむ》さんが閉会の辞を述べると、最後、司会の先生が、「じつは今朝、島園さんの母親が亡くなられました。それをおさえられての基調報告でした」とうち明けた。会場はしんとなり、私たちパネリストは自らの言葉が上滑《うわすべ》りでなかったかとそれぞれの胸に手を当てた。

生も死も、すぐそばにある。かけがえのないもの。

いのちと重なる二分間

瀬名秀明

七月二十一日の昼に那覇《なは》から喜界島《きかいじま》まで現地のベテランパイロットふたりと飛んだ。移動手段を確保できず断念した人も多かったようだが、自分で飛行機を操縦すれば皆既帯《かいきたい》へ行ける。

青年会主催の前夜祭を楽しみ、早朝に目覚めると横風の雨だった。太陽が昇るにつれて雨は止《や》んだが、低く濁った雲が動いてゆくのがわかる。朝食をとりながらニュース映像を見つめる。梅雨前線が降りてきて太平洋ベルト帯を覆っている。問題は雲の高さだ。低い雲だけなら私たちの飛行機で空に上がって回避できるが、高層雲だとジェット機でなければ突破できない。

九時前に喜界空港へ行って待機する。刻々と変わる空の状況を天気図などで見通し、地上からの観察を決断した。空港前の芝生にみなで寝転がり、日食メガネごしに空を見上げた。巻層雲《けんそううん》はかかっているが、太陽の姿ははっきりとわかる。持参したのはこのメガネとデジタル一眼レフカメラ一台のみ。自分の目で見て体感するのが目的だからだ。九時三十六分、食が始まる。

ゆっくりと左の上方から太陽は欠けてゆく。部分日食が進んでゆく間、周囲の明るさはさほど変化しないように思えた。だが皆既になる直前からぐんぐんと影が迫り、その雰囲気の激変に誰もが落ち着かなくなった。完全に月が太陽を覆い隠す数秒前から肉眼でさえも空を仰《あお》げるようになった。十時五十六分、皆既日食が喜界島で始まった。

遮光《しゃこう》カーテンでも閉めきっているときと少しでも開いているときでは室内の明るさは大きく違う。それまでとはまったく異なる世界だった。だが地平線の向こうは仄《ほの》明るく、すべてが真っ暗というわけではない。二分間あまりの皆既日食は、後で聞くと多くの人にとってとても短く感じられたようだ。太陽が再び顔を出す瞬間、思わず声を上げていた。一気に世界が明るくなる。それでもまだ本当は暗いはずなのに、すべてが変わったように思える。皆既が終わって五分後、低い雲が張り出し、もう太陽の全体像をとらえることはできなくなった。隣の奄美《あまみ》はこの低い雲が多かったらしい。喜界島は幸運に恵まれた。

梅雨前線はどんどん迫ってくる。夕方になる前に私たちは離陸した。二〇〇〇フィートの暗い雨雲が西から迫り、海面にうねるような白線を描き出しているのが操縦席から見える。雨の接線が押し寄せてきているのだ。その接線を避けるように飛んだ。

皆既日食の暗さは死を想像させる。だが本当は逆なのだ。私たちは生きているから皆既日食を見上げ、気温や光の変化を鋭敏に感じ、想いを言葉に残そうとする。あの二分間は私たちのいのちと重なっていたのである。

地球は「宇宙のオアシス」

最相葉月

瀬名さんなら、自ら操縦する飛行機で皆既日食を見に行かれるだろうと思っていた。北硫黄島沖の洋上で観測した天文マニアの友人たちの体験談を聞いたばかりだったこともあり、気象を読む力のある人は座して待つのではなく、自分からつかまえにいくのだなあと圧倒されている。彼らは三年前から準備していたそうだ。

友人たちの乗った船から見た皆既日食の映像は、ＮＨＫで中継された。「天《あま》の岩屋戸《いわやど》」のような神話が世界各地で生まれるほどの異変を感じたかと彼らに訊《たず》ねると、興味深い答えが返ってきた。「黒は普段は空にない色なので、不気味で恐ろしかった。美しいというより、よくわからないことが起こっている感じ」「感興にひたる間もなく、ビデオを早回しするようにさっさと暗くなるので、日常のスピード感覚が狂わされたみたい。声を出してもちゃんと発声できるか自信がもてないような気がした」

今世紀最長となった六分三十九秒の皆既は、みなの動物感覚を呼び覚ましたようだ。古代の人々が神話に織り込もうとしたのは、自然への畏怖《いふ》、それを感応する心と伝える言葉をもつ人間への讃歌《さんか》だったのではないか。東京の厚い雲の下で中継を見た私ですら、ダイヤモンドリングの荘厳さをここにいない誰かに伝えたくなったのだから。

宇宙から無事帰還した若田光一さんは、シャトルのハッチが開いた瞬間入ってきた草の香りに、地球を実感したという。私たちの五感は、自然の恵みを感受し、地球が宇宙のオアシスであることを理解するために進化したのかもしれない。

若田さんの記者会見が放映された日の午後、日光東照宮へ出かけた。関西育ちの私は学校の遠足で訪れたこともなく、遅ればせながら、虎の巻を携えての初の日光詣でとなった。虎の巻とは、東照宮の神職を務める高藤晴俊《はるとし》さんの『日光東照宮の謎』。本書によれば、東照宮は北極星を神と仰ぐ星辰《せいしん》信仰に基づいて建立《こんりゅう》されたという。主な社殿は江戸城と北極星を南北に結ぶ軸線「北辰《ほくしん》の道」上に南面に配置され、陽明門や奥社宝塔《おくしゃほうとう》の真後ろには北極星が輝く。このため、あたかも東照宮を中心に星々がめぐるように見える。天下統一を成し遂げた徳川家康の悲願は「宇宙を主宰する神」として祀《まつ》られることだった。

世界文化遺産に認定された現在の東照宮は、観光客で大にぎわい。陽明門の前で若いカップルに撮影を頼まれた私は、二人の背後に広がる壮大なコスモロジーと宇宙でランニングしていた若田さんの笑顔を交互に思い浮かべながら、シャッターを押した。

世界的な視野でつくる「緑の地球儀」

瀬名秀明

埼玉県の草加《そうか》市を訪れたのは初めてである。駅からタクシーに乗って地図を見せると、思案しつつ走り出した運転手は「ああ、地球儀があるところですね」といった。町工場に挟まれた店舗の前には、確かに大小の地球儀がポールに立って空へと伸びていた。

渡辺教具《きょうぐ》製作所の渡辺美和子さんは、亡くなった夫のあとを継いで〝三代目〟の代表取締役だ。お盆で従業員はお休み。ひっきりなしに宅配物が届くなか、渡辺さんがおひとりで取材に対応してくださった。

二代続いた医者の娘の渡辺さんは、友人の結婚式で未来の夫と出会う。今は電機メーカーのデザイナーだが、将来は家業の地球儀づくりを継ぐとプロポーズされ、地球儀の方がずっと素敵だと渡辺さんは感激したのだそうだ。昭和十二年創業の初代は渡辺雲晴《うんせい》。インド探検でも有名な浄土真宗本願寺派門主・大谷光瑞《こうずい》からの要請がきっかけだった。戦後に星座早見盤を発売、野尻抱影《ほうえい》や村山定男とも交流があった。渡辺教具は地球儀だけでなく月球儀や火星儀など天文教材も扱う。三階のミニ展示室には数々の製品が並べられ、月探査衛星「かぐや」の成果をいちはやく反映した大きな月球儀もあった。真っ白な表面に丁寧《ていねい》に凹凸が表現され、「晴《はれ》の海」「コペルニクス」などの名称がストイックな文字で記されている。各パートの技術者が腕を競い合ってひとつの球体をつくりあげていったさまが目に浮かぶ。

硫黄島まで皆既日食を見に行ったと渡辺さんが笑顔を見せる。こちらは飛行機で喜界島《きかいじま》まで行ったと返す。渡辺さんの話にどんどん惹《ひ》き込まれる。渡辺さんは自社製品「緑の地球儀」の解説を始める。各国の二酸化炭素排出量や原発の数、武力闘争や飢餓の状態を示した環境儀だ。渡辺教具の地球儀は実際の衛星写真をもとに作図している。ウズベキスタン国境のアラル海が干上がっている様子も地球儀にははっきり示されている。地球儀を製作していると政治情勢が否応なしに見えてくるという。数々のデータをまとめ、世界的な視野に立つ。日本の宗教観は地球儀づくりに合っているのかもしれないと語る姿が印象的だった。海外でつくられる地球儀を見ると、他国の都市名の記載が少ないことがあるそうだ。その点、日本製の地球儀はどの国でも公平に記載する。渡辺さんも実家は浄土真宗。初代の精神と呼応しているのかもしれない。

駅まで送っていただいた。カーステレオから中東の音楽が流れてくる。映像やゲーム音楽で活躍する息子さんたちからのプレゼントでイランをひとり旅行し、欧州以前の科学文化に接してきたのだという。地球を楽しむ人生がここにある。

やっかいものの黄砂が海の恵みに？

最相葉月

学生時代の就職活動を思い出す。面接のたびに、地図をお守りのように持ち歩いていた。北極を中心にした正方形の世界地図だ。

政治学の講義で初めてこの地図を知った。子どものころから見慣れたメルカトル図法とは違い、アメリカと旧ソ連が接近している様や日本の位置がよくわかる。視点の置き方によって世界はこれほど顔つきを変えるのかと思った。

当時は冷戦と呼ばれる緊迫した政治情勢にあって、メディアは核戦争の危機を報じていた。地図を示した教授は、続いて大干《かん》ばつに襲われたソ連が大量の穀物をアメリカから輸入していることを示す統計を紹介し、実態はデータに基づき総合的に判断しなければならないといった。私はさっそくこの地図を入手し、ときどき眺めて自分の見方をシャッフルする習慣を身につけようとした。見ていたつもりが、見えていなかったものに目を凝らすために。

以前紹介した、金沢大学の岩坂泰信特任教授と連絡を取り合う機会があった。中国から黄砂情報が入手できずに研究に支障をきたしていたが、紆余《うよ》曲折を経て、ようやく動き始めたようだ。

岩坂さんは、黄砂が発生するタクラマカン砂漠を何度も観測に訪れている。初めてこの地に来たとき、大谷光瑞《こうずい》の中国シルクロード探検のスケールの大きさに圧倒されたという。宗教家の視点から仏蹟調査を行った大谷の記録には内外から批判もある。何月何日にどこへ移動したかとか、どこで何が出土した、といったデータをほとんど残していないためだ。それよりは、仏像や経典を収集して仏教史の空白を解きあかし、また、地理学や気象学の知見を深めることを主眼としていた。そんな大谷が、これまでの日本製にはなかった精巧な地球儀の作製を要請していたとは興味深い。明治の人々が、心の眼を世界へ開くための手がかりを求めたのだろうか。

七月、九州大学の鵜野伊津志《うのいつし》教授らのグループが、中国で発生した黄砂が約十三日で地球を一周していたと発表した。途中で海に落下した黄砂は、太平洋や大西洋の中央部分で不足する鉄を供給して植物プランクトンを増やす役割を担うなど、海の生態系に大きな影響を与えているようだ。黄砂が日本上空を通過してハワイ沖まで移動していることを岩坂さんら日米中の研究者が初めて突き止めたときから、三十年目の快挙だ。

やっかいものの黄砂が、地球サイズでは海の恵みになる。ずっと昔から地球を旅していた砂粒を追いかけて、人もようやく未来行きのふりだしに戻った。

見えない動きを地図にする

瀬名秀明

首都圏の地図上に赤や青の小さなドットが動いている。午前七時二十分ころから緑色の脈動が膨《ふく》れ上がり都心へ進んでゆく。まるで東京全体が細胞組織のようだ。緑色のしわが中心部に達するころには、赤や青のドットも首都圏全域に広がっている。ざあっ、という音がモニタの向こうから聞こえてきそうだ。

東京大学の柴崎亮介教授らが作成したこのマップは、七十二万人の動きを視覚化したものだ。国や自治体が実施するパーソントリップ調査の結果をコンピュータ処理してまとめ上げた労作である。災害時の避難計画など、時間ごとに区切ったきめ細かな対策がここから生まれそうだ。

最近は携帯電話の通信機能を使えば、誰と誰がいつ同じ地下鉄駅にいたかまでわかる。個人情報の扱いが難しいものの、しっかりプライバシーを保護した上でデータ解析ができれば、たとえば都市のパンデミック対策にも活用できるかもしれない。感染リンクを逆にこれらのマップに当てはめれば、私たちがどれくらいの混雑時にどの程度の確率で感染し合うのか見えてくる。その推測が立てば、必要以上に感染を恐れることもなくなる。合理的な行動は無用な差別意識を消し去ってくれる。

最相さんの紹介なさった黄砂も、今は地球規模の「動く地図」として可視化される。たくさんの衛星データを統合し、都市ごとに大気汚染の分布を比較する研究もある。現在、多くのシステムがさまざまな手段で地球を観測しているが、データは個々に分断されている。それらをひとつにまとめれば地球がもっと見えてくるかもしれない。

「動く地図」という柴崎教授の言葉に心を動かされながら、ふと思った。「動く」とはいったい何だろう。今後は私たちの気づかなかった見えない動きが、こうした「動く地図」によって浮かび上がり、私たちの意識や未来を変えてゆくのではないか。

新型インフルエンザが海外で発生した四月、新聞各紙が水際《みずぎわ》作戦を詳細に書き立てた。時代の記録者であるメディアは「時代が動いている」ことに敏感だ。しかし新型インフルエンザが国内に広がった今、当時のような報道の狂騒《きょうそう》はない。私たちは今インフルエンザの動きが見えないのだ。しかし「見えない動き」をうまく地図にできれば、時代の記録とは別の側面から私たちはインフルエンザと対峙《たいじ》できるかもしれない。パンデミックと地震や津波など自然災害との大きな違いだ。見えない時代の動きを見据えること、それが適切に予防し、適切に感染症とつきあうことなのだと思う。

動きが見えないときでも地球は動く。それを感じたとき私たちの世界観はまたひとつ変わる。

7
8

Ⅶ　2009年秋　いのちをめぐる旅

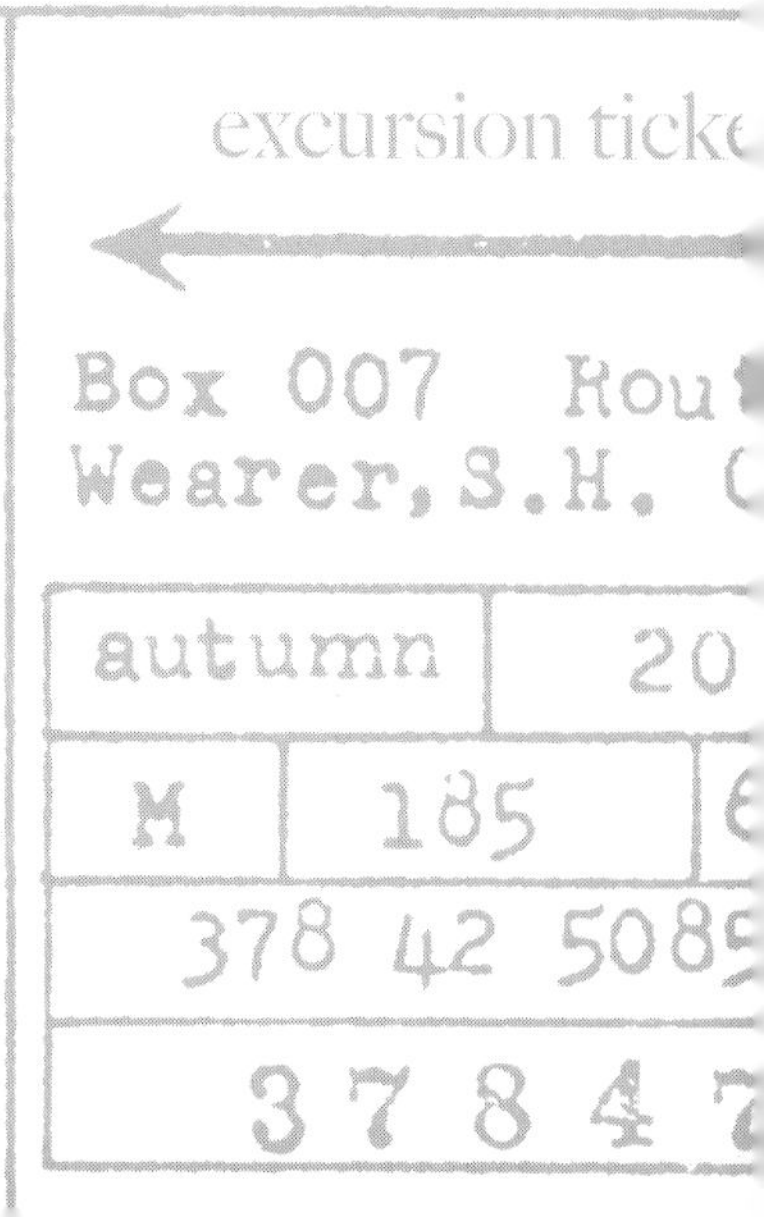

二つめの感染症根絶宣言

最相葉月

人類が根絶に成功した感染症はただひとつ、天然痘《てんねんとう》だ。根絶が宣言されたのは、一九八〇年五月。当時高校生だった私も、新聞を読んで誇らしい気持ちになったことを覚えている。世界保健機構（ＷＨＯ）の天然痘撲滅プロジェクトでリーダーを務めたのが、日本の科学者（蟻田《ありた》功博士）だったからだ。

それから三十年を経て二〇一〇年、二つめの感染症の根絶が宣言される見通しだ。古代エジプトのパピルスや旧約聖書にも描かれた家畜の伝染病、牛疫《ぎゅうえき》である。「牛のペスト」といわれ、山羊《やぎ》や豚にも感染するため農耕に重大な打撃を与えてきた。

牛疫の歴史と科学者の格闘を描いた山内《やまのうち》一也著『史上最大の伝染病牛疫』によれば、産業革命を機にヨーロッパ全土へ、戦争や植民地政策によってアジア、アフリカへ拡大。十九世紀末の感染経路を示す地図を見ると、アフリカへはアビシニア（現エチオピア）を起点に伝《でん》播《ぱ》している。アビシニアとの戦争に勝利したイタリア軍がインドから持ち込んだ牛が感染していた可能性が高いようだ。第一次世界大戦後まもなく動物のＷＨＯにあたる国際獣疫事務局が設立されて世界的な取り組みが始まるが、根絶にはさらに微生物学の進歩を待たねばならなかった。

牛疫の根絶が近いことは、昨秋、パスツール研究所創立百二十年と日仏交流の歩みを記念して開催されたイベントで知った。根絶計画に使われたのはイギリスの獣医プローライトが開発したワクチンだが、ここに至るまでには日本人の多大な貢献があったという。牛疫ワクチンを世界で初めて開発した蠣崎《かきざき》千晴、アジアの早期終息に尽力した中村稕治《じゅんじ》、先の書籍の著者である東京大学名誉教授の山内一也さんも、天然痘ワクチンの改良や牛疫の耐熱性ワクチンの開発に取り組んだひとりだった。

山内さんには苦い思い出がある。十数年前、牛疫に苦しむインドやケニアへ向けて耐熱性ワクチンを開発したものの、行政機関の連携がうまくいかず現地に届けられなかったのだ。感染症に比べ、なぜ人間は国境を越えるのにこうも苦労するのだろうか。

それでも牛疫のことは必ず書き残したいと、海外出張のたびに資料を収集し、関係者のインタビューを重ねてきたそうだ。昨年喜寿《きじゅ》を迎えられたが、その意気込みはおとろえを知らず、お目にかかるたびに私のほうが勇気づけられている。

人間が拡大させたものは、人間が制圧するしかない。根絶宣言は、地球規模で感染症に取り組む人々の強い志と行動力のたまものだ。

ウイルスとのつきあい方

瀬名秀明

最相さんのご紹介に促されて『史上最大の伝染病牛疫』を読了したところだ。今、新千歳《しんちとせ》空港のラウンジでこの手紙を書いている。仙台の自宅に戻ったら、古書店で求めたまま置いてきた蟻田《ありた》功博士の著作『地球上から天然痘が消えた日』をまず手に取ろうと考えながら、フライトの時間を待っている。

天然痘が消えた後、人類はエイズ問題に直面した。公衆衛生と感染症研究が輝かしい成果を上げた時代はやがて困難と挫折の八〇年代へと変わり、そして今私たちは二十一世紀初のパンデミックの時代を生きている。

天然痘ウイルスは変異の遅いDNAウイルスで、温度にも安定なのでワクチン対策が有効だ。牛疫はエイズやインフルエンザのウイルスと同様RNAウイルスだが変異しにくく、しかも直接感染なので封じ込め、つまり早期摘発ができる。汚染国はワクチンで立ち向かい、清浄国は検疫を徹底したのだろう。一方エイズやインフルエンザのウイルスは遺伝子が変異しやすくその姿がどんどん変わる。おそらく天然痘を駆逐《くちく》するようには、これらを消し去ることはできない。だがそれは決して人類の敗北ではない。私たちは何世紀もかけて、さまざまなウイルスとのつきあい方をひとつひとつ学んでいる途上なのだ。

北海道大学の喜田《きだ》宏《ひろし》教授と話した。喜田教授はシベリアやアラスカで渡り鳥の営巣湖沼を探索し、インフルエンザウイルスの故郷とその自然宿主《しゅくしゅ》を見いだした人だ。野ガモは営巣地の湖水を飲んでウイルスに感染し、南へと渡ってゆく。ところがここ数年、春に南から帰ってくるカモに新しいウイルスが見つかってきている。東南アジアの一部で家禽《かきん》のワクチン接種が続いていることで耐性株が出現し、北へ戻るカモに再び感染しているのではないかと喜田教授は懸念する。もしかするとすでに新たなウイルスが営巣地まで運ばれているかもしれない。複雑な人間社会のあり方が国境を越える渡り鳥に影響する可能性を考えるとやるせない。

北海道医療大学の塚本容子准教授とも話した。エイズなどの感染管理に精通した看護師として米国の医療現場で活躍してきた塚本さんは、今日本で認定看護師を教育し送り出す側にいる。塚本さんに学んだ看護師がこの冬に新型インフルエンザの最前線へと戻ってゆく。チームをまとめる調整力、確かな情報を選別する判断力、そして何より患者さんの心のケアと、現場での感染予防。喜田教授と塚本さんの眼差しは現場から世界へと向いている。

インフルエンザの本は数多いが、大流行に至るまでの空想物語はよく書かれるのに、いかに収めるかをきちんと想像したものは少ない。今私たちが思い出すべきなのはその力なのだ。

家庭医学の知恵と医療

最相葉月

南極では風邪をひかない。瀬名さんが紹介してくださった気象予報士、武田康男さんのブログにそんな一節があった。とりわけ寒い、ドームふじ基地の暮らしを描いた映画『南極料理人』を見て、納得した。平均気温氷点下五四度の極寒の地で一年以上、同じメンバーだけと暮らす。今秋、第五十一次観測隊隊長として昭和基地に向かう本吉《もとよし》洋一さんが書かれているが、ほかの大陸から人や物資が流入しない閉鎖社会ではほぼ全員が同じウイルスを共有し、互いに免疫があるため風邪を発症しないのだそうだ。

ところが実際には、そんな彼らも十二月から一月は風邪をひく。ちょうど新しい越冬隊員を載せた砕氷《さいひょう》船「しらせ」が到着し、業務の引き継ぎが行われるころだ。免疫力が低下している隊員は、次の隊員や物資が運んできた新種のウイルスに簡単にやられてしまう。「しらせ風邪」とも呼ばれ、帰国してからもしばしば風邪に苦しむらしい。

精神科医・中井久夫さんの『臨床瑣談《さだん》 続』を読んでいたら、普通の風邪のウイルスが発見されたのは一九六〇年代前半、今や百七十種以上見つかっているとあり、その変異スピードに驚いた。風邪症候群には普通の風邪からインフルエンザまでが含まれる。たかが風邪、されど風邪だ。

TO SENA
FROM SAISHO

精神科医になる前、ウイルスを研究していた中井さんが、自分ならどうするかという視点から考察した「インフルエンザ雑感」が示唆に富む。秋になると予防接種を打つ。風邪かなと思ったら漢方薬を飲む。最初期は風邪かインフルエンザか見分けがつきにくいが「とにかく、病気は毎日、毎週診《み》ているのが重要」。医師のできることは限られているから、家庭医学の知恵を復活させることの意味は大きい、ともあった。

先日、知人の子どもが風邪をひき、治りかけてから念のため病院で調べたら新型インフルエンザと診断され、一家全員、一週間の自宅待機となったそうだ。念のため、と判断できた彼女はえらい。

日本最古の医書『医心方《いしんほう》』には「風者百病之長也」とある。風とは大気の動きを意味する。現代社会は、風の病から逃れようがない。かといって南極のような無菌状態は現実的ではない。小さな異変を見逃さない家庭医学の知恵は、だからこそ大切だ。複雑な人間活動を背景にしたパンデミックの時代には、医療と、いにしえから受け継がれた知恵との両輪が私たちを支える力になるのだろう。ちなみに私は、鼻がムズムズすると鼻うがいをし、祖母に教えられたショウガ湯を飲む。たいていの風邪はそれで撃退だ。

父と娘つなげる新しいいのち

瀬名秀明

妹の出産予定日が来月に迫ってきた。妹は昨年、京都の老舗《しにせ》和菓子店の息子と結婚し、今も京都に居を構えている。学生時代にアメリカでダンスをおぼえ、フラメンコやサルサを踊るようになった。現在の夫とはそうした集まりで知り合い、新居の一階には夫が仕事できる和菓子工房を、そして上階には壁に大きな鏡を張ったダンスフロアを設けた。妹はこのところよく父や私にメールを送ってくる。妊娠中の新型インフルエンザ罹患《りかん》は重症度が高くなると報道されているが、実際に罹《かか》った場合、胎児に免疫はつくのか？　妊娠中のワクチン接種は母体と胎児の両方に免疫がつくのか？　子どもが生まれてから母親がワクチンを打った場合、母乳として子どもに免疫をつけることは可能なのか？　妹が質問するたびに、インフルエンザウイルスの感染機構を大学で研究する父は必死でインターネットを調べ、返信する。そのやりとりがこちらにも転送されてくる。

研究者は細かな現象を探るのは得意だが、一個人の生活に根ざした判断をサポートすることは苦手だ。「可能性がないとはいえない」とは研究者がよく使う台詞《せりふ》だが、来月子どもが生まれてくる妹にとっては今自分がどう判断すべきかの指針が大切だ。インフルエンザ・パンデミックは、研究者が社会の中で何を為《な》せるのか、何を発信できるのか、その本質を突き

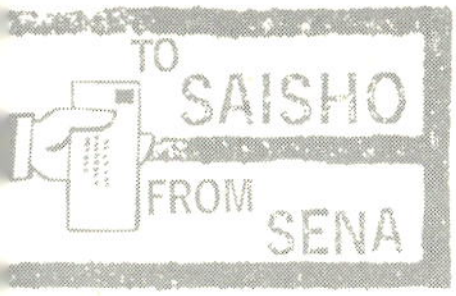

つける。判断するということは、つまり私たちが科学をもとに社会とどう向き合うかの問題である。

先日、父は国際会議の開催地から妹にメールを送った。曰《いわ》く、まさに今日、きみの質問に答える発表があった。それは母親に不活性化ワクチンを接種すると、生まれた乳児がインフルエンザ様疾患《ようしっかん》に罹りにくいというもの。私が先日送った答えは正しくなかったわけだが、添付した海外の論文は母性のワクチン接種を勧めている、と。医師ならまた別の判断があるかもしれないが、少なくとも基礎研究者の父が生きることとの判断基準を娘に送ったのだ。これまで父がそんなメールを書いたことがあったろうか。私は少し感動した。

静岡出身の父はお茶などの食品が持つ抗インフルエンザ作用も研究する。実験結果そのものは、今その食品を摂《と》るべきかという判断とは無関係だ。しかし娘のお腹にいる新しいいのちは、一研究者と娘をつなげ、科学と毎日の生活をつなげる。

以前、あるラジオ番組で問われた。「人生の最後に科学と小説の神様がいて、あなたに賞をあげるとしたらどんな賞がほしいですか?」。少し考えて「ダンスを教えてあげま賞《しょう》」と答えた。私はステップが踏めない。だから科学と小説を追究した先は、妹のように誰かとダンスを楽しんで未来を生きたいと思った。

いのち受け継ぐ人のつながり

最相葉月

私は父方の祖父母を知らない。祖父は父が幼いときに、祖母は私の誕生を心待ちにしながら、がんとの壮絶な闘病の末に亡くなった。私が生まれたのはその三か月後。祖母が「赤ちゃん、赤ちゃん」といって母のお腹にいる私に会いたがっていたことを伯母から何度も聞かされた。いつしか、人は誰かのいのちを継ぐ者としてこの世に送り出されると思うようになった。

今や日本人男性の二人にひとり、女性の三人にひとりががんに罹患する。早期発見による治癒率が向上し、本人への告知もめずらしくなくなった。大病院に見放された患者を支援する、がん難民コーディネイターの藤野邦夫さんは、これからのがん患者は情報戦を覚悟しなければならないといっている。どんな病院でどんな治療を受けるのか、情報を広く集めて自分で選択する。本人告知が進んだため、セカンドオピニオン科を設ける病院も増えつつある。先生におまかせします、では病と向き合えない時代だ。

専門機関が発信する情報や患者とその家族の闘病記をインターネットで読むこともできる。同じ境遇にある人なら励まされることだろう。私自身、勇気づけられているひとりだ。

祖母の死から四十五年。今、父ががんと闘っている。余命半年と宣告されてから八年にな

る。一度は克服したと思われたが、がん細胞は静かにからだをむしばんでいた。西洋医学で可能なことをほぼやり尽くした父は、これ以上の積極的な治療は望まないことを医師に伝えた。父も私も、現在の大学病院がなし得る医療の限界はわかっているつもりだ。ただ、この年月を見守ってくれた医師や看護師のもとを去らねばならない日が訪れることは想像以上に心細い。高い技術をもつだけでなく、人と人として、心を尽くして患者に対応してくれる人たちだったからだ。

父の闘病に伴走することで、私はかけがえのない何かを得ているのだろう。からだの機能を失うことが日常生活に、ひいては死生観にどんな影響を与えるのか。医療だけではない、患者を支えるネットワークはどうあればよいか。治癒率が向上したとはいえ、国際がん研究機関によれば、二〇一〇年までにがんは世界全体の死因一位になるという。昨日も米国の友人から、がん闘病中の彼女の父親がホスピスに入ったと連絡があったばかりだ。これまで支えてくれた人々に心から感謝している、とあった。

病を得てひろがる人のつながり。そのつながりは、未来の誰かのいのちにつながっている。「赤ちゃん、赤ちゃん」。今日も、見知らぬ誰かの声がする。

身体があるから思いは残る

瀬名秀明

最相さんの新刊『ビヨンド・エジソン――12人の博士が見つめる未来』を、もうひとつのお便りのように感じながら読了した。これまで一年半、私たちはふたりで未来への周遊券をポケットに入れて列車を乗り継ぎ、船で航海し、空を飛んできた。その間たくさんのことを語ってきたが、互いに手帳に書きつけるものは違う。この本は最相さんの手帳から生まれた本であった。

地球儀を製作する渡辺教具製作所の初代社長の心を動かした探検家・大谷光瑞《こうずい》の伝記を読んで黄砂の研究に迫った物理学者・岩坂泰信が登場する。フタバスズキリュウの研究で大きな成果を上げた佐藤たまきの章がある。東北大学工学部の研究者らもプロジェクトに参加した宇宙探査機「はやぶさ」と今も交信を続ける宇宙科学者・矢野創が語っている。牛疫などの研究でも著名な山内一也の後を継いで東大医科研の教授になったウイルス学者・甲斐知恵子がいる。甲斐の研究室に女性が多いことに最相さんが驚いている一文があった。ちょうど先日、その甲斐の研究室にいる女性からメールを受け取ったばかりだ。彼女は私が東大で科学技術インタープリター養成プログラムを教えていたときの学生で、読者の心によく届くすてきな文章を書いていた。彼女も今は結婚し、科学ノンフィクションの本を世に出している。

最初にふたりで列車に乗り込むとき、最相さんは〝明日さえわからないのに未来など考えられないとうそぶくのではなく、明日生きることをまず考える、（略）そんな場所から出発したい〟と私に語った。最相さんはそのとき、自分が「こんにちは赤ちゃん」の歌に祝福されて生まれた世代だと話してくれた。最相さんが聞く「赤ちゃん、赤ちゃん」という見知らぬ誰かの声は、私たちの旅の出発点であった。

最相さんは『ビヨンド・エジソン』で十二人の科学者に、影響を受けた伝記や評伝をひとつ挙げてもらうという方法を採った。かつて作家の織田作之助が午前四時に日記にしたためたように、〝思いは残る〟。身体があるから思いはつながる。最相さんの本には科学者が登場するが、読み進めるにつれて科学者になるという人生は未来を見つめる多くの道筋のひとつであり、未来はさらに広いのだと、逆説的ではあるが感じ始めた。最相さんは高校のころ科学部に所属し、科学に憧《あこが》れながら、自分は科学者にならなかった、と書いている。だが旅の手帳をもとにこうして未来の本を書いている。

身体と生きるから思いは残り、思いがつながる向こうに人は未来を見つめる。そして最相さんの便りを読んだ私の耳にも声は残る。「赤ちゃん、赤ちゃん」

私という個体の使命

最相葉月

一年半の旅も、終着駅に近づいた。瀬名さんへの最後の手紙は、ここ山形から投函《とうかん》することになりそうだ。国際ドキュメンタリー映画祭で、世界各国から寄せられた作品を観ている。

ブラジルの貧しい村に生きる少年たちを追った作品があった。その映画『生まれたのだから』にはインタビューの場面がない。カメラは彼らの日常に寄り添うだけだ。目の前で父親を殺された少年は、どんなに苦しくとも盗みと薬だけは手を出すなという父親の教えに従い、一家を支えるため働いている。トラック運転手の青年がよき相談相手だ。少年を抱きしめ、社会を教える。

ある日、豚の搬送《はんそう》を終えた少年はつぶやく。「未来に夢なんてない。ぼくが働くのはお金のためではなく、人生を考えるためだ」

十代前半とは思えない少年の言葉に驚いたことを伝えると、ジャン＝ピエール・デュレ監督はいった。被写体になって初めて人として尊重され、自分がひとりの人間であるという認識が彼の中に生まれたのではないか、と。

未来は運命も連れてくる――瀬名さんから届いた最初の手紙にあった一節だ。災害や病、戦争や貧困は、夢見た未来を容赦なく変える。ただ人との出会いだけは、未来を自分の手に

取り戻す力となりうる。映画はそのかすかな希望を示していた。

上映後、リュックに入れておいた瀬名さんの旅行記『大空の夢と大地の旅』を読む。女性飛行士を主人公とする小説を執筆するため、瀬名さんがパイロット免許を取るまでの訓練の日々や小説の舞台となる北アフリカへの旅があった。ちょっと笑えるハプニングや膝を打つ発見もある中でいちばん心を動かされたのは、自分で操縦することで新しい視点を獲得した瀬名さんが、郵便を携えて空を飛ぶサン＝テグジュペリの時代から技術が進歩した今なお、飛行士が無線コミュニケーションで人間社会とつながっていることの大切さに気づき、飛行機小説をより純粋に読めるようになったと語るところだ。飛行機乗りというと、自由を求める夢見がちな人のように思われるがそうではない。想いを運び、社会の役に立つという使命を負った社会人であり、だからこそ彼らには靭《つよ》さがある、と書かれていた。

私という個体の使命はなんだろう。さまざまな言語が飛び交う映画祭の町でひとりごつ。「運命への平静さと勇気と知恵」を持ちたいと願うとき、少なくとも、他者の息づかいを感じとる無線機だけは手放さずにいたい。

台風一過、蔵王連峰の稜線《りょうせん》が空の青に映える。冷たい風が首筋を撫《な》でた。初冠雪《はつかんせつ》が近い。

周遊券の切符は誰かのもとへ

瀬名秀明

この旅の終着駅を、ずっと私は想像できずにいた。列車が停まり、荷物を肩に担《かつ》いでプラットホームに降り立った今も、周囲は夜明け前でよく見えずにいる。手がかりがほしくて、この産経新聞の紙上でかつて山折哲雄さんと中村桂子さんが同じく一年半にわたり書かれた『「いのち」についての60の手紙』のページを、そっとめくってみたりもした。最後の山折さんから手紙は文字通り旅の便りだ。サンパウロへの長旅の機内で食べたものから今後の健康について思いを巡らせ、「いのち」へとつなぐ。さらりと一筆書きのような柔らかさで記された手紙はそのまま終わっている。まるで私たち読者には見えないだけで、その後も手紙は続いてゆくかのように。

美空ひばりの「川の流れのように」の歌詞が日本人とカナダ人では受けとめ方が違うという記事を読んだことがある。「生きることとは旅すること　終わりのないこの道」という二番の歌詞は、日本人ならすぐに人生の喩《たと》えだとわかる。だがカナダ人は「道や川には必ず終わりがある。上空から見れば明らかだ。なぜ終わりがないのか?」と首を傾《かし》げるそうだ。日本人は川縁《かわべり》に立って蕩《とう》々たる流れを見るが、西欧人は俯瞰《ふかん》した視点で全体を見るので、人生に終わりがないという考え方に馴染《なじ》めないのだとその記事は指摘していた。

私を飛行機の世界に誘ってくれた公立はこだて未来大学の中島秀之さんと先日会い、東西の人工知能研究の違いと絡めてこの話を以前教えていただいたことを思い出した。人はときに川縁に立ち、ときに空を飛んで川の流れを見るのだろう。どちらかの視点だけではない。どちらもあると気づくこと。それが未来を見つめることなのだろう。

川辺では靴の裏に小石の堅さを感じ、空からは雲と風の流れを、そして川面《かわも》の白い波を見る。最初のうち私は飛行機で空に上がっても、どちらから風が吹いているか体感できなかった。下を流れる川を見ても風に煽《あお》られて散る飛沫《ひまつ》の向きがわからなかった。最相さんとの旅を通じて、少しは見えるようになっただろうか。無線機の向こうにいる仲間の声を、少しはよりよく聞けるようになっただろうか。

私の周遊券の期限は切れたが、この切符は誰かに渡せばまた使えるような気がする。「瀬名さん、準備はよろしいですか」と最相さんから声をかけられたとき、切符はすでにこの手にあった。私はタイムマシンに乗り、一年半前の自分に切符を渡したい衝動に駆《か》られたが、そうせずともこの切符はきっと姿を変えて誰かの手元に届き続けるのだろう。

先週、妹が女の子を産んだ。妹が送ってきた写真の中で、その子は右手を握りしめていた。

あとがき

最相葉月

科学をテーマに往復書簡を連載しませんか。

産経新聞大阪本社からそんな執筆依頼があったのは、二〇〇八年初春。七年ほど続いている科学面の名物欄で、これまで科学者とそうではない方のペアで手紙のやりとりが行われていた。私自身、愛読していたこともあって喜んでお引き受けしたが、お相手は先方がリストアップした候補者ではなく、小説家の瀬名秀明さんにお願いしてみてほしいと伝えた。薬学博士でありながらエンターテインメントを究《きわ》めようとされていることや、科学の現在をより多くの読者に伝えようとサイエンスライターの仕事もなさっている姿に以前から共感を覚えていた。とりわけ、デビュー作『パラサイト・イヴ』新潮文庫版に収録された、異様に長いあとがきが印象に残っていた。

瀬名さんはそこで、ご自身が受けとった読者からの感想や書評、とくにエンターテインメント小説で科学を描くことについての批判を振り返り、科学と小説の関係について試行錯誤されていた。私自身、科学の専門教育を受けたわけでもない書き手がいかに科学を書けばよいか頭を悩ませていたこともあり、専門家、非専門家という立場の違いはあれど、境界を超えることとの困難とその可能性に挑もうとする瀬名さんの執筆姿勢に勇気づけられていた。とりわけあとがきの最後にあった、「ノンフィクションはその時代を動かす。だが小説は一〇〇年後の未来を動かすのだと、私は思う」という一文に打たれた。そして、こうも思った。たしかにノンフィクションは時代を動かす。だがそれとて、未来への想像力なくしてできることではない、と。テーマは、未来。『未来への周遊券』というタイトルはそんなところから生まれた。

瀬名さんに執筆を快諾していただいたのと前後して、偶然にも日本外科学会と毎日新聞が共催する「21世紀の予言　アイデアコンクール」の審査委員に二人が選ばれ、直接お目にかかる機会があった。ごあいさつを申し上げたところ、瀬名さんは戸惑いがちにいった。「じつは、自分の彼女とも手紙を交換したことはないんです……」。なんと、瀬名さんにとってはこれが女性との初往復書簡だったのである。そんなわけで第一便は私からお送りすることになったが、いったん旅が始まってみると目に見えない空の道を瀬名操縦士に導かれるようで、お便りをいただくのが毎回楽しみになった。不思議なことに、一年半の旅の最後に手紙を送ったとき、これで終わりだという実感はほとんどなかった。聞けば、瀬名さんも同じ感想をもたれたという。お互いに向けて手紙を書きつつ、いつも見知らぬ未来のあなたを思い浮かべていたからかもしれない。

最後に。本書は、連載中は産経新聞の小島新一さん、河村直哉さん、そして書籍化にあたっては三島邦弘さんはじめミシマ社のみなさん、装幀の吉田篤弘さん、浩美さんに大変お世話になった。「未来への切符、たしかに受け取りました」と頼もしいお手紙をくださった三島駅長の手を借りて、本書が今こうして中継地点のミシマ駅を無事出発できたことを心から感謝している。

未来を周遊するブックガイド

・小松左京『空中都市008』講談社、二〇〇三年
未来に暮らす小さな兄妹が冒険を繰り広げる童話。NHK人形劇として放送され、人気を博した。田中耕一さんの愛読書でもあったという。二〇〇三年に復刊された際、小松は新しい前書きで「二十二世紀のものがたりは、どうぞ、あなたたちが書いてください」と記した。
・星新一『声の網』角川文庫、二〇〇六年
コンピュータ網が張りめぐらされた未来、電話の向こうの「声」が人々の疑問を解決し、公平な判断を下す。だが、人々の心と体はいつしか網にからめとられていく。インターネット社会を予見しているとして再評価の高い作品。
・星新一「ひとつの装置」『妖精配給会社』新潮文庫、一九七六年
学編。著名な学者が作った「何もしない装置」が、最終戦争によって人類が死滅した未来にはじめて動き出す……。星新一文、あきやまただし絵『ひとつの装置』(講談社、二〇〇二年)も復刊。
・H・A・レイ文・絵、草下英明訳『星座を見つけよう』福音館書店、一九六九年
「おさるのジョージ」で著名な絵本作家が、星座の見つけ方、春夏秋冬の星空の見どころをわかりやすく教える。
・H・A・レイ、上野和子訳『おさるのジョージ』大日本絵画、一九八八年
・ルイーズ・ボーデン文、アラン・ドラモンド絵、福本友美子訳『戦争をくぐりぬけたおさるのジョージ』岩波書店、二〇〇六年
H・A・レイの伝記。ナチスドイツに侵攻されたパリからドイツ生まれのユダヤ人であるレイは妻とともに脱出し、アメリカへ逃れる。

・谷崎潤一郎『細雪』中央公論社、一九四八年
大阪船場の旧家に生まれた四姉妹の物語。一九三八年夏に神戸・阪神地域を襲った阪神大水害の様子が細かく描写されている。

・チャールズ・ダーウィン、渡辺政隆訳『種の起源』光文社古典新訳文庫、二〇〇九年、他に八杉龍一訳、岩波文庫、一九九〇年など
ダーウィンは本書をロンドン郊外のダウンハウスにある木造の建物で書いた。現在は博物館になっている。

・サン=テグジュペリ、堀口大學訳『人間の大地』新潮文庫、一九五五年、二〇〇一年に山崎庸一郎訳でみすず書房からも刊行。
著者自身の体験が、フィクションとドキュメントを融合させた独特の筆致で描かれる。著者の最高傑作に挙げる読者も多い。

・最相葉月『熱烈応援！スポーツ天国』ちくまプリマー新書、二〇〇五年
綱引やドッジボール、雪合戦にいたるまでさまざまなマイナー競技に集う熱狂的な「観戦症」の人々の姿を紹介。

・最相葉月『東京大学応援部物語』新潮文庫、二〇〇七年
敗戦続きの東大野球部にエールを送る応援部員の想いと練習の日々。

・レオン・カス編著、倉持武監訳『治療を超えて――バイオテクノロジーと幸福の追求　大統領生命倫理評議会報告書』青木書店、二〇〇五年
米ブッシュ大統領（当時）の諮問機関である生命倫理評議会が先端医療技術の功罪を検証した報告書。スポーツ選手の増強剤の使用に言及し、究極的には遺伝子操作や意図的に身体を改変して最先端の機能をもつ義手や義足を装着する、人間がいわばサイボーグ化する未来までを想定している。

・レオン・カス、堤理華訳『生命操作は人を幸せ

にするか』日本教文社、二〇〇五年
米生命倫理評議会委員長による報告書『治療を超えて』の思想的背景。技術的に可能な場合、人間は何をもって幸福とみなすかを問い、深い考察を加える。

・クリスティーン・ブライデン、馬籠久美子、桧垣陽子訳『私は私になっていく――痴呆とダンスを』クリエイツかもがわ、二〇〇四年
若年性アルツハイマー病の患者による手記。「永遠に「今」というときに在り続けることは、新しい生き方だ。生きる極意といってもいいかもしれない」（本文より）

・リチャード・パワーズ、高吉一郎訳『われらが歌う時』新潮社、二〇〇八年
ユダヤ系の男性物理学者と黒人の女性音楽学生の間に生まれた三人の子らが社会の偏見に晒されながらもそれぞれ才能を開花させてゆく物語。

・織田作之助『わが町』錦城出版社、一九四三年、他に角川文庫、一九五五年
フィリピンのベンゲット道路工事に従事した男の一生を軸に、明治・大正・昭和にわたる大阪の移り変わりと人情を描く。ラストにプラネタリウムが登場する。一九五六年に織田の親友であった川島雄三監督により映画化。

・中谷宇吉郎「簪を挿した蛇」『中谷宇吉郎随筆集』岩波文庫、一九八八年
雪の結晶の研究で知られる物理学者の自伝的随筆。「本統の科学というものは、自然に対する純粋な驚異の念から出発すべきものである」（本文より）

・エルヴィン・シャルガフ、村上陽一郎訳『ヘラクレイトスの火――自然科学者の回想的文明批判』岩波書店、一九八〇年
DNA塩基対合の規則を発見した生化学者の手記。

・J・D・ワトソン、江上不二夫、中村桂子訳『二重らせん』講談社文庫、一九八六年

DNA構造の解明を目指す研究者たちの競争と嫉妬や怨嗟が渦巻く学界の内情が赤裸々に描かれた手記。

・星新一『生命のふしぎ』「少国民の科学」新潮社オンデマンドブックス、二〇〇〇年

星新一の初めての単行本。生命起源の仮説や進化の歴史を解説し、未来の技術と生命の関係について考察する少年向け科学解説書。

・カール・セーガン、木村繁訳『コスモス』上下巻、朝日文庫、一九八四年

宇宙の歴史と生命進化をめぐる科学エッセイ。「人間の歴史は、自分がより大きな人間集団の一員であることに、ゆっくり気づいていった歴史であった」（本文より）

・ファラデー著、クルックス編、矢島祐利訳『ロウソクの科学』岩波書店、一九五六年

ロウソク一本を糸口に自然を観察することの大切さを伝える名講演。

・アインシュタイン、インフェルト共著、石原純訳『物理学はいかに創られたか』岩波新書、一九五〇年

専門知識を持たない読者に、数式を一切使わず古典力学から相対性理論や量子論までを説く。

・アーサー・C・クラーク、山高昭訳『楽園の日々――アーサー・C・クラークの回想』ハヤカワ文庫、二〇〇八年

クラークが十三歳のときに空想科学雑誌「アスタウンディング」と出会い、科学とSFにのめり込んでゆく幸福の日々を綴った回想録。

・サイモン・シン、青木薫訳『宇宙創成』新潮文庫、二〇〇九年

天動説が常識だった時代から、いかに人々の意識が変化していったかを追う。

・ジェイムズ・グリック、大貫昌子訳『ニュートンの海——万物の真理を求めて』日本放送出版協会、二〇〇五年

ニュートンがピューリタン革命の勃発年に生まれた事実から書き起こす、サイエンスノンフィクション。

・瀬田貞二『幼い子の文学』中央公論社、一九八〇年

瀬田が晩年、児童図書館員を前に行った連続講話をまとめたもの。なぞなぞや童唄、絵本などを深く味わうための手引きでもある。

・ロバート・ルイス・スティーヴンソン、海保眞夫訳『宝島』岩波少年文庫、二〇〇〇年など

一八九七年初版刊行の海洋冒険小説。

・ビアトリクス・ポター文・絵、石井桃子訳『ピーターラビットのおはなし』福音館書店、一九七一年

一九〇二年初版刊行。以来、世界中の子どもたちに愛されてきたシリーズ第一作。

・サン＝テグジュペリ、内藤濯訳『星の王子さま』岩波書店、一九五三年など訳多数

童話の形式で人間の本質を描き、多くの人に愛される作品。著者自身が手がけた挿絵も人気が高い。

・瀬名秀明「鶫と鷚」小松左京監修、瀬名秀明編著『サイエンス・イマジネーション——科学とSFの最前線、そして未来へ』所収、NTT出版、二〇〇八年

一九三〇年代の南米郵便航路開拓に挑んだ男たちを描く。瀬名の長篇『エヴリブレス』と共通する世界が舞台。

・サン＝テグジュペリ、堀口大学訳『夜間飛行』新潮文庫、一九五六年、二〇〇一年に山崎庸一郎訳でみすず書房からも刊行

郵便飛行の航路を開拓するため嵐に立ち向かう飛行士と、彼を指揮する支配人リヴィエー

ルの一夜を描いた著者の代表作のひとつ。

・若田光一『国際宇宙ステーションとはなにか――仕組みと宇宙飛行士の仕事』講談社ブルーバックス、二〇〇九年
二〇〇九年三月から六月まで国際宇宙ステーションにて長期滞在ミッションをこなした著者が、わかりやすく宇宙飛行士の仕事の意義を語る。

・R・マイク・ミュレイン、金子浩訳『宇宙飛行士が答えた500の質問』三田出版会、一九九七年
スペースシャトルの乗務員が答えた宇宙飛行士の実態。

・エドガー・アラン・ポオ、八木敏雄訳『ユリイカ』岩波文庫、二〇〇八年
天界の理を詩的に表現した野心作。

・チャールズ・ダーウィン、荒俣宏訳『ダーウィン先生地球航海記』平凡社、一九九五〜九六年
行く先々で目を輝かせて動植物の生態や現地住民の生活を描写し、当時最先端の科学仮説だった地球物理学を拠り所として地層や珊瑚礁の形態に目を凝らす。

・瀬名秀明、橋本敬、梅田聡『境界知のダイナミズム』岩波書店、二〇〇六年
違和感を創造力に結びつける人間の能力を〈境界知〉と名づけて、その可能性を作家と気鋭の科学者らが論ずる。

・アメリカがん協会編著、高橋都、針間克己訳『がん患者の〈幸せな性〉――あなたとパートナーのために』春秋社、二〇〇二年
がんの治療によって性生活にどんな変化が生じるか。その対処法について心身両面から解説する。

・高藤晴俊『日光東照宮の謎』講談社現代新書、一九九六年
東照宮創建にまつわる謎から、徳川家康の遺

言に込められた願いを読み解く。東照宮は北極星を神と仰ぐ星辰信仰に基づいて建立された、と著者は述べている。

・山内一也『史上最大の伝染病牛疫　根絶までの四〇〇〇年』岩波書店、二〇〇九年
　二〇一〇年に根絶が宣言される牛疫の歴史と科学者の格闘を描く。

・蟻田功『地球上から天然痘が消えた日——国際医療協力の勝利』あすなろ書房、一九九一年
　WHOで一九六〇年代から天然痘根絶につくした日本人医師の回想録。

・中井久夫『臨床瑣談　続』みすず書房、二〇〇九年
　長年の臨床経験をふまえた精神科医の随筆集。認知症、血液型性格学からインフルエンザまで。

・日本最古の医書『医心方』丹波康頼撰。槇佐知子全訳精解『医心方』全三十巻予定（筑摩書房、一九九三年～）が現在刊行中

・最相葉月『ビヨンド・エジソン——12人の博士が見つめる未来』ポプラ社、二〇〇九年
　古生物学から宇宙科学まで、今世紀を担う十二人の科学者たちの歩みを追う。

・瀬名秀明『大空の夢と大地の旅——ぼくは空の小説家』光文社、二〇〇九年
　女性飛行士が主人公の小説を執筆しようとする瀬名の、パイロット免許取得訓練や小説の舞台となる北アフリカ旅行の記録。

・山折哲雄、中村桂子『「いのち」についての60の手紙——十代の君たちへ　往復エッセイ』産経新聞ニュースサービス出版、二〇〇二年
　「生を語る——十代の君たちへ」として二〇〇一年から二〇〇二年まで産経新聞で連載された往復書簡の書籍化。

最相葉月（さいしょう・はづき）

1963年、東京都生まれ。
関西学院大学法学部卒業。科学技術と人間の関係性、スポーツ、教育などをテーマに執筆。97年、『絶対音感』で小学館ノンフィクション大賞受賞。07年、『星新一　一〇〇一話をつくった人』で大佛次郎賞、講談社ノンフィクション賞、日本ＳＦ大賞、08年、同書で日本推理作家協会賞、星雲賞受賞。他の著書に『青いバラ』『いのち　生命科学に言葉はあるか』『ビヨンド・エジソン』など多数ある。

瀬名秀明（せな・ひであき）

1968年、静岡県生まれ。
東北大学大学院薬学研究科（博士課程）在学中の95年『パラサイト・イヴ』で日本ホラー小説大賞を受賞し、作家デビュー。小説の著作に、第19回日本ＳＦ大賞受賞作『ＢＲＡＩＮ　ＶＡＬＬＥＹ』、『八月の博物館』『デカルトの密室』などがある。他の著書に『大空の夢と大地の旅』、『パンデミックとたたかう』(押谷仁との共著)、『インフルエンザ21世紀』(鈴木康夫監修）など多数ある。

未来への周遊券

二〇一〇年三月二日　　初版第一刷発行

著　者　最相葉月
　　　　瀬名秀明
発行者　三島邦弘
発行所　㈱ミシマ社
郵便番号一五二-〇〇三五
東京都目黒区自由が丘二-六-一三
電話　〇三(三七二四)五六一六
ＦＡＸ　〇三(三七二四)五六一八
e-mail hatena@mishimasha.com
URL http://www.mishimasha.com/
振替　〇〇一六〇-一-三七二九七六

印刷・製本　藤原印刷(株)
組版　(有)エヴリ・シンク

ISBN978-4-903908-17-5